フランスからの玉手箱

変わりゆく日本を見つめて

米永 輝彦

東京図書出版

母に捧げる

はじめに

フランスへの憧憬から自己覚醒へ

私の人生におけるターニングポイントが、渡仏であったことは間違いない。というのは外国を見ることで視野が広がり、固定観念を打破し、いろいろな見方、考え方を知り、日本流の人から外れない生き方に固執することはナンセンスであり、自分で感じ、自分で考え、自分で行動することで主体的な生き方をする大切さに目覚めた機会でもあったからだ。

しかし、二つの文化に接することでの弊害も確かにある。

長く外国に住んでいると、その国の文化やマナーと日本の歴史や礼儀といった両国の違いに気付く。価値観の差を感じる中で、日本の素晴らしさや日本人の神髄、つまり日本文化の再発見へと繋がっていく。

ところが今度は日本に帰ってくると日本国内が変化していて、環境の変化を受け入れられず、人や社会に対して調和、協調していく難しさに直面し、まるで浦島太郎であることに気付いて愕然とする。ただ自分が年齢を重ねたためということでは割り切れない、この日本で明らかに伝統や文化という日本本来の特性が失われてきていることからくる戸惑いなのだと感じている。

はたして自分はどこに拠り所を求め生きていけばよいのか、モラトリアムの状態でもがき揺れ動いていた心情を率直に吐露したい。これまでの特異な経験、出来事で、今もなお印象に残っていること、考えさせられたことを備忘録として書き留めておきたいと思う。
フランス滞在16年、長いようで短いその期間に見た、感じた経験が、日本に帰国し、その後の人生にどのように影響しているか、現在そして将来に向けて、年齢を重ねた今思うこと、日々の社会事象に触れ思うことなどである。

米永輝彦

フランスからの玉手箱

変わりゆく日本を見つめて◇目次

日本人とビズ

フランスで最初のカルチャーショックは、渡仏して最初の居住地であるアルザス地方のナンシー市で見た、当時多感な20代半ばの私にとって、なんとも刺激的で羨ましい光景にあった。美術館の開館時間に合わせて到着した私の目の前に、開館を待っている20人程のはちきれんばかりの若さに輝く女学生たちがたむろしていた。ついつい視線を向けるのを禁じえなかった私であったが、そこへ待ち合わせの同年代の男子が一人やって来ると突如、女の子たちが彼に群がり一人ひとりが左右の頬に面白いようにキスをしまくりだしたのである。

男女どちらが主体的に行っているのか、また求めているのか分からないくらい何とも壮観であるが、正直羨ましい男だなと思ってしまうのである。この男はドン・ファンなのか。たしかに女学生20人に対し、男一人の待ち合わせということであれば、人気者に違いない。

そうこうしているうちに正面玄関が開き、ワイワイガヤガヤ言いながら、美術館の中へ吸い込まれていった。呆然と立ちすくんで見ていた私は気後れして、さすがに少し離れて距離を保ち、楽しそうな彼らを横目に複雑な心境のなか、館内へ入っていった。こういう状況に、これからフランスに暮らしていく私を重ねて妄想が広がっていった。

しかし、このグループの仲間でないことにむしろホッとするのは、もしそのグループに同行する立場であったら、私はどういう対応をとるべきなのか、外国人である私はむしろ避けられ、気まずい思いをすることだろうと危惧するからであった。それは日本にはそういった文化がないからである。

フランス流の挨拶が左右の頬に頬を合わせ口先でチュッと発音したり、直にキスするのはすでにわかっていたことだが、親密度や地域によってもやり方は違うようだ。

滞在当初、フランス人に、聞くは一時の恥と思い、そのやり方を聞いたら、日本人なんだから日本人としての挨拶で良いんだよ、やりたいのかと聞かれた時はさすがに恥ずかしかった。

フランス滞在が長くなれば、ビズに関していろいろな経験をする。

私が数年間アルバイトをしていたカルチェラタンにあった星なしホテルのフランス人オーナーの家族とは、辞めた後も長い付き合いが続いていたにもかかわらず、私が好意を抱いていたアメリカ人の奥さんは、私とは絶対ビズはしなかった。

それにチリ人の女性からクリスマスの食事会に招待され、さすが南米の人たちだけあって陽気な招待客全員から歓待され楽しい時を過ごしていると、突然、近隣の人たち数名がJoyeux《ジョワユール》 Noël《ノエル》!とクリスマスのお祝いの挨拶のために家にどっと押し寄せて来て、一人ひとり全員とビズをし合い、なかには男性同士でもビズをしていたのには驚いた。まもなくして出て行ったのだが、私が杞憂であればと思っていたことが現実に起こったのである。

というのは東洋人の私の顔を見るや一連の動きが一瞬止まり驚いた顔をされ、私とだけ握手だったり、会釈のみということには当時まだ慣れていなかった私は、むしろ差別されているようで当然釈然としなかった。それに、親から挨拶を促された学校に上がる前の5、6歳の子供からは尻込みされ、後ずさりされ、その硬直し狼狽する表情にはさすがに愕然としてしまった。これまで幼な子ゆえの無邪気で純真無垢な笑顔にむしろ和まされた経験しかなかったのでショックだった。私の存在がその場の雰囲気をシラケさせてしまっているのか、彼らが出て行ったあとは台風が過ぎ去った後のように心に穴が空いたような、呆然とした虚無感を抱いたことが鮮明に思い出される。

色々な人種のるつぼであるパリでは、まさに様々な国の人との出会いがある。日本人男性が、やたらと執拗にフランス女性にビズをしているのを見ると、盛りのついた猫のようで見苦しく、こちらが恥ずかしく感じるのはなぜだろうか。郷に入っては郷に従えだが、文化が違う土地にいて、開放的な習慣に対し、自分を失うことがなければと同胞の行為から浮つく己を戒める必要もありそうである。

極端な例として、アフリカ人、特にアラブ人など宗教的に戒律が厳しい民族にとっては、顔や肌を隠す女性との接触にも制限があり、国を出て、フランス女性を見たときは、まるで全裸で闊歩しているように見えることだろう。フランスのファッションの概念は性の解放で、服装は露骨に肌を露出し男性を挑発するエロチシズムであるといっても言い過ぎだとは思わない。

節度を欠き、より刺激を求め、男の目を楽しませるだけで済むものではない。エロチシズムが美であるとは思わない。自分たちの世界しか知らなかった彼らのなかには理性を忘れるというよりは、むしろ祖国を離れ、出稼ぎの地で宗教の縛りから解放されることを喜び、獣に変貌する者もでてくる。パリでは強姦は日常茶飯事だというが、例えば日本人ですら、ニースなどで砂浜に横たわるトップレスの女性に目が釘付けになっている男性観光客が多くいるのだから、日本人とて惑わされるのである。いやカルチャーショックがあるからこそ惑わされるといえる。

　過度のカルチャーショックは刺激的であり、魅力的であるため、学んできた母国の文化を否定し、感性だけで甘い蜜に一心不乱に群がる下等動物のごとく、人格さえ捨て去る。国際的にも日本の映画に見る頑なまでに信念を曲げない侍の姿に人は

ナンシー美術館

現代の日本人を重ねるという誤謬を犯すようだ。良くも悪くも人は環境によって変わるものだが、文化の違いが都合よく解釈され、慣習の違いを利用するフランスかぶれのサムライもいる。人を嗤うより人のふり見て我がふり直せである。

日本人男性は金髪女性がお好き

マリリン・モンローの『紳士は金髪がお好き』という映画があったが、金髪女性に魅せられた同胞による事件がある。

記憶を手繰り寄せ、昔の新聞を探すのだが、どうしても見つからない記事がある。それは私が渡仏する数年前に、アメリカだったか曖昧な記憶なのだが、日本人留学生が家に放火して家族全員が亡くなるという残忍な事件であった。当時は外国における日本人による衝撃的な事件として取り上げられていたと記憶している。

原因は留学生であった日本人男性が現地の金髪女性に恋をし、付きまとうことを彼女の家族から叱責されたことで恨みが募り、衝動的とも言える事件に至ってしまったのだ。

同じく日本人による事件が数年後にフランスで起きた。それはあまりにも猟奇的で衝撃的な事件である。

それが佐川一政事件、いわゆる日本人カニバル事件といえば思い出す方も多いことだろう。

私が渡仏した翌年の1981年、パリでカフェに併設するタバコ屋のカウンターに貼り出されていた新聞の一面に、日本人とは思わなかったが東洋人男性の顔写真が大きく載っていることに驚いた。なんとも痩せこけた病的な表情をした男性で、気持ちが悪く何をしたのか興味も起きなかったので新聞を購入することもなかった。

後日、パリの東洋語学校で川端康成を研究していたという152センチで35キロの小柄な日本人が凶行に及んだことを知り驚いた次第であった。

被害者の若いポーランド人女性とは学校のクラスメートであり、グループでの付き合いであったが、彼女に好意を抱いていた。彼女も金髪であった。彼女にとって関心のある何かを持っているとか言って興味を抱かせ、自宅に招き入れ、犯行に及んだのである。殺害、レイプ、切断、そして乳首と性器の部位を食した。他の部位は冷蔵庫に保存していたが、処分に困って、大きなバッグに詰めこみ、ブローニュの森に捨てに行く途中のメトロの構内で、小柄の男には不釣り合いな大きなバッグを持っていることを警察から不審がられ、尋問され、バッグの中身を開けられ逮捕に至った。細い手首から手錠がするりと抜け落ちたという。

この事件は劇作家の唐十郎が本人との手紙のやり取りで取材した内容を著書『佐川君からの手紙』で紹介し、芥川賞を受賞している。この手の本が受賞するとは納得できないが、話題性は強烈である。殺害後に人肉を調理して食べたという詳細な内容は実にショッキングである。

事件から数年後にその後の彼をインタビューした記事が、私が購読していたフランスの三流の夕刊紙に偶然にも載っていて内容に驚かされた。

あの行為は「一つの愛のかたち」だと平然と答えているのである。自宅を訪ね、娘の両親には直接会って謝罪したい旨のことが書かれてあったことを記憶している。やはりギョッとするほど異常だ。遺族の感情を逆なですることが理解できていないのだ。


パリの日本人会のエレベーターの中で昔、福岡の日仏学館に北九州から新幹線で通っていた女性にばったり再会した。その後のパリでの生活や活動を語っていたジャーナリストであるその女性が、なんとそのカニバルの取材を敢行したのだと聞かされ驚いた。

当時を思い出すと日仏学館に通っていた人のほとんどが留学を予定している人たちで、物凄い情熱を持ち、夢を抱いている人たちばかりであった。それは紛れもなくフランスかぶれの集団であり、先生はネーティブのフランス人だったり、ベルギー人で授業は楽しく、皆さん目を輝かせて実に活発であったことが思い出される。ジャーナリストの彼女も含め、皆がフランスやフランス人に過分な憧れを抱いていたように思うのである。日本が島国であるため、普段からよく外国人と接していれば現実的な評価ができるだろうが、映画、ファッションなどを通して思い描くフランス人のイメージを妄想のなかで美化していく傾向も否定はできないのではないだろうか。現実に触れ、失望し、フランス嫌いに変わる人は結構いるものである。

なにもフランス人に限らず、顔、体形の違う外国人、特に異性に関心をもつのはごく自然なことである。視覚的に日本人とは全くの別物といってもいいであろう。髪の色だけではなく、エメラルドのような緑色の目には惹き付けられる。体形の美しさは芸術か奇跡か、優美で華麗、小悪魔的、魅力的なのだが、あくまでも視覚においてである。そこを冷静に見なければいけない。

もっとも目がくらみ偏愛の果てに、どのように愛が成就するかは、運命に委ねるしかない。

しかし、フランス人とは自己中心的な人種であるとは私見であるが、ジャーナリストのその女性も、日本にいたときは一日でも早くフランスに渡りたいと胸を膨らませていて、居ても立っても居られないという状態であり、彼女をこうも駆り立てるものは何なのかと、その女性のプライベートな部分に憶測を巡らせるほどであった。ところが、フランスで何があったのかフランス人の悪口ばかりを語っていた。

独りよがりの正義感

日本でのこと、混雑するバスの中で、泣き出した赤ちゃんをめぐる逸話がテレビの情報番組で取り上げられていた。

「12月の半ば過ぎ、満員のバスの後方から、火のついたような赤ちゃんの泣き声が響いてきた。人の熱気と暖房のむせ返る車内。赤ちゃんは不快感に泣くほかはなかったのだろう。あやしても泣きやんでくれない。停留所で何人かが降り始めると、『待ってください。降ります』と赤ちゃんを抱いた女性が人の間をぬって前方に進み出る。そして、料金を払おうとする女性に、運転手は『目的地はここですか?』女性は『駅まで行きたいのですが、子供が泣くのでここで降ります』と言う。

そこで運転手は車のマイクで『このお母さんは迷惑をかけるので、ここで降りると言っています。赤ちゃんは泣くのが仕事です。皆さん、少しの時間、一緒に乗せて行ってください』数秒の間をおいて、車内を乗客全員の拍手が包んだ……若いお母さんは、何度も頭を下げていました」感動的な話である。

この話を聞いて、全く関連はないのだが、私が経験した公共の交通機関での自分の正義感から身障者に苦痛を与えた苦い思い出がよみがえってきた。

パリでの生活のこと、フランスはなぜか身障者にあたたかく、手厚い支援をおこなう社会であり、そのため身障者が積極的に外に出ていける社会でもある。

だから、街中ではよく身障者を見かける。

地下鉄の中で白杖の人に通行人がさりげなく声をかけ、実に自然に腕に手をまわし誘導している光景を日常的に見かけるようになってからは、私も決心し実行することにした。最初はためらい、もし失礼を犯したら、もしうまくコミュニケーションがとれなかったらと不安材料に押しつぶされそうになり、相手はこちらの素性はわからないわけだから、信頼してもらえるのか、なかなか第一歩が踏み出せないでいた。地下鉄構内では特にホームや通路は狭く、人の往来でごった返して、盲目の人が人を避け、うまく通行していくのは難しい。

ついに背中を押される日がきた。手助けしようとする人が周りにいないのを見て、やはりほうってはおけない。「お手伝いしましょうか」「どちらに行かれますか」「どちら方面へ乗り換えですか」と声をかけ、うまくこなせたことで有頂天になり、回を重ねることで自信もついていった。「外国の人のようだけど、お国はどちらですか」日本人だと知ると喜ぶ人もいる。短い時間でも会話が弾んだときは、私の行為も役に立ったかとうれしい気持ちになった。別れ際に「フランスでの良き滞在を」とよく言われたものだ。

ところが、ある日、悲劇がおこった。自己嫌悪に落ち込むことになる事件であった。自分のミスだが、赤面どころの話ではない。盲目の人にとっての頼りは、頭の中にできている限られた生活行動パターンのなかで、これまでの経験で作り上げた歩行ルートの地図である。それに従って確認しながら確実に歩を進めていく。それがないと一歩すら歩み出せないのだ。なんと私はその地図を破壊するようなことをしてしまったのだ。

某日、電車から降りると、ホームにいた白杖を持った30歳代の男性だったであろうか。声をかけると、「乗り換えで○○方面の電車に乗ります」さっそく、標識を確認してその方向へ歩み出した。すると忘れもしない、その男性が急に顔をしかめ、身体を硬直させ、頑なに拒絶反応を示し、わめきだしたのだ。どよめきとともに、何人かの人が駆け寄り、白杖の人が保護されている脇で呆然と佇む私の背中に対岸のホームの人たちからも冷たい視線がいやおうなく向けられているのをひしひしと感じるも、まだ何が起こったのかわからなかった。ただひょっとして、とんでもないことをしでかしたのかもしれないという自責の念にかられた。人の侮蔑のまなざしに晒される惨めさから逃げるように、階段を下り身を隠せる2〜3段下りたところで、その場にへたり込んでしまった。しばらく彼のわめき声が耳のなかでこだまし、身体の震えが止まらなかったことを覚えている。

冷静になった時に判ったその原因とは、たまたまその駅が多くの路線の交差する駅で、乗り

パリの地下鉄構内（イメージ）

換えホームへ行く通路が運悪く2通りあり、その男性の地図にない、普段利用していない別の通路に私が導こうとしたものだから、彼は頭の中が混乱し、ホーム上で狼狽し、わめきだしたのであった。暗闇の中で足をすくわれる恐怖感に慄くのも無理はない。その人にとって私は地獄への水先案内人と思われたか。本人が別に援助を求めていなかったのなら、自分よがりの正義感を振りかざした行為の天罰だろうか、トラウマからの脱却には勇気と時間が必要だったが、良い経験をさせてもらったと今ではそう思っている。

パリでの個展を夢見て

パリの街並みを見ると、日本の無秩序な建設計画で様々な乱立する建物を見てきた日本人にとって、都市計画の一貫性、道路に沿って無機質の建物が乱れず一直線に並ぶ統一された美しさに驚かされると同時に、建物1戸1戸の個性のなさには芸術の国というイメージとのギャップを感じるほどである。むしろ日本の建築のほうが個々の建物同士でお互いが主張し調和を乱し個性を剝き出しているように見えるのは実に皮肉なことである。

パリの街並みで目を引くものが、私にとってはカフェの玄関扉に貼られてある絵の展覧会を案内するポスターであった。どこのカフェにもベタベタと貼られてある。なにもカフェに限ったことではなく宣伝ポスターなので、パリの街のいたるところで見かけるものだ。

特に日常的に人が通い賑わいのある、人との交流の場でもあるカフェのドアに貼られてある絵のポスターは、開催日を過ぎるまでにはまた別の展覧会のポスターが貼られるのである。カフェはその地区の人々の情報交換の場でもあり、玄関扉はその店の顔である。だからこそ、そこに貼られてある展覧会の絵のポスターは目立つため、多くの個展予定の絵描きが狙っているのである。

また風情があり、絵と大きめのフォントのアルファベットで書かれた絵描きの名前、少し小さいフォントの画廊の住所のバランスの良さはインテリアとしても素敵なオブジェになりうる。20世紀初頭、佐伯祐三という絵描きがパリの街並みに魅了されて描いたことでも有名だが、この街のそこかしこに見かけるポスターがパリの街並みにしっくりマッチしていることに魅了され、アトリエではなく、戸外にイーゼルを立てて制作している。ポスターの文字も荒々しい筆のタッチで描かれている。街並みとポスターが一体化したパリのイメージを、キャンバスに絵の具を叩きつけたように描く作風はまさに佐伯の真骨頂である。パリのポスターの密集している界隈においてはまさに佐伯祐三ワールドを垣間見るようだ。

絵描きは誰もが思うように、私もいずれはパリでの個展を夢見ていたものだが遂にはかなわず、私のポスターがパリの街に貼られることはなかった。

ただ細々と日本人会のグループ展や、今は無くなった東京銀行のウインドウでのあまりに小さい個展とはいえない数点だけの展示とか、画廊での知らない者同士が各自1点出品料を払ってのグループ展であった。

またパリ6区の区役所内で日本人画家展、サロン・ドートンヌ、ル・サロンなどのパリの公募展には毎年出品していた。

後年、ラ・ロシェル市の美術館での展覧会のために、念願の自分のポスターを美術館手配のプロのカメラマンによって撮影、制作してもらい、街中に貼られたときは実に感慨深いものがあった。パリとは違う地で夢が実現したのである。
美術館企画といっても地方美術館の予算不足のため、自らスポンサー探し、大手スーパー、銀行を一人で営業回りもした。

幸いにもラ・ロシェル市長から地元の歴史的著名人数名の肖像画の制作依頼があり、市庁舎での注文作品の披露パーティーやメダルを授与されたことは、この上ない喜びである。

パリに住む日本人絵描きに何故パリに住むのかと聞くと、日本では変人呼ばわりされ、肩身の狭い思いをしてきたが、パリには同じような人種がいるので、そう目立つこともなく、居心地が良いからだという。何もしない者が活動する者に対して批判ばかりする不条理な社会、ギスギスした世界にいるより、個人主義を標榜する国で自由を満喫できるのもパリならではということなのかもし

近年消えゆくパリのポスター

れない。佐伯はパリで燃え尽きたが、私は燃え尽きずに日本へ戻ってきた身である。
「自らの道を歩め、他人には好きに語らせよ」マルクスの言葉である。

Hôtel Condéにみる人間模様

パリ6区のカルチェラタン、ソルボンヌ大学やボザールのある学生街、地下鉄オデオンから徒歩2分ほどの場所にあったフランス人経営の星なしホテルで、毎日ではなく週に4日程度働いていた。

パリ生活に慣れ始めた頃、朝食の給仕人の募集を見て訪ねたところ、既に採用された人がいたが、私としてはフランス社会に馴染んでいくには絶好のアルバイト先であると思って、人が採用されたばかりであるにもかかわらず、欠員が出た時のためにと強引に連絡先を渡していた。

幸いにも暫くするとオーナーから電報で「人が辞めたからすぐ来てほしい」との連絡があり職を得ることができたのであった。今思えば私のフランス滞在は本来、内向的な性格なのに環境が変わり、実りあるフランス滞在にしたいという気持ちが自分を変えるきっかけともなり、積極的な行動から運よく色々なチャンスが得られていったと思っている。

仕事は朝食の給仕後、2階（フランスでは1階と呼ぶ）から6階（5階）までをオーナーやスタッフと手分けして清掃、ベッドメーキングをし終え、アメリカ人のマダムの腕によりをかけた昼食を頂くのが日課であった。フランスとアメリカの家庭料理を堪能できる幸せなひと時であった。テーブルをオーナー夫婦と2人の可愛い娘たち（当時3歳と5歳）、それにオーナーの典型的フランス人と言える両親（スケベ爺と意地悪婆）、数十年来そのホテルで働いているという50歳代後半の未婚女性の8人で囲んで食事をとるのである。

夜の受付係をアルジェリア人とモロッコ人の大学生が交代でやっていたが、出勤時に顔を合わせる程度で、朝8時には帰宅していく。相反する性格でアルジェリア人の方は問題を起こして解雇されたと記憶している。

昼食が終わればフリーになるが、たまにパリ郊外へドライブに連れていってもらった。遠出してジベルニーのモネの家やホテルと同名だが何の縁もないコンデ城まで連れて行ってもらったこともあった。可愛い天使のような子供たちとのくつろいだ時間は、外国生活での安らぎであり、癒やしになっていた。しかし、小さいながらよく話し、さすがおしゃべりなフランス人の片りんを見せていた。驚いたことは、洋服の着こなしや帽子の被り方など自分で考え、アレンジするセンスをフランス人の子供に垣間見たことである。

フランスでこのホテルの人たちに出会わなければ、私のフランス滞在は味気ないものに終わっていたことは間違いない。恐らく早い時期に何も得ることなく、日本へ帰国していたことだろう。なぜなら憧れのフランスの地を踏んでからというもの、フランス人の陰険さや意地悪、利己主義、不親切に対していい加減辟易していたからである。外国に滞在して既に1年は過ぎていたものの、期待と失望の混在する日々を送っていた。蓄えはすぐになくなっていき、どうしてもアルバイトは必要であり、当時は日本レストランでのウェイター、皿洗い、調理補助の仕事しかなく、パリの日本人社会の中での生活に愛想をつかしていたのである。

このホテルでのアルバイトにつけたのも実に運命的であった。観光気分も抜け、レストランの仕事にも嫌気がさし、日本人の友人が働く日本食料品店に面接を受けるつもりで出向いた。入り口扉のガラス越しの向こうで賄いのスパゲッティをテーブルに並べている友人の姿が見えた。普段屋根裏部屋でスパゲッティを頬張っていた彼が、バイト先でも賄いのスパゲティを食するのかと入り口の前で呆然と立ちすくんでしまった。扉を開ける勇気も起きず、引き返して帰ってきたのであった。因みにその彼は帰国後、大学教授になるのである。その数日後にホテルから招集の電報を受け取ったのである。数週間前に募集を見て訪問したときは既に人が決まっていて、そこで、人が辞める際には連絡をしてほしいと直談判していたのが功を奏したのであった。人が急病で倒れたとのことであった。何とも人の運命とは不思議なものだと感じ、また外国で生活するうえで必要なものとして積極性を痛感したものだ。

私にとって色々な国籍の人たちと接する恵まれた環境が得られ幸運であったが、流石にパリだけあって宿泊客の国籍は千差万別であった。日本人との大きな違いは挨拶や感謝を述べる時の表情である。「ボンジュール」「メルシー」においても満面の笑顔で相手の目を正面から見るその姿勢には、日本人として学ばなければいけないことがある。今、日本で「おもてなし」のことがよく言われている。それは来るべき東京五輪に向けた外国の客人を迎え入れることに対する姿勢のことを言っているのであるが、商売人の基本姿勢をいっているに過ぎない。そもそも日常的に人と対峙する際の人としての基本そのものを学ぶべきであり、本末転倒だと私は思うのである。

朝7時出勤だったと思うが、まず近くのパン屋へバゲットを数本買いに行くことから始まる。出来立てなので温かく麦の香りが香ばしくて、ほんの少し力を入れて触るだけでもパンの柔らかさを包み込む硬く焼けた表面がバリッと割れる程である。

ホテルに戻ってミルクを温め、コーヒーを淹れ、それぞれサーバーに作り置きしておく。コーヒーの香りでホテル全体が包まれるような朝の始まりである。紅茶やココアはインスタントで、稀にラスクを注文する人もいた。カフェオレはコーヒー、ホットミルク別々の陶器のポットで同量を提供し、お客が好みで調合するやり方である。

宿泊客全員が毎朝、食堂に下りてきて、私に朝食を頼むわけだから、15人程の椅子しかない狭い食堂で、慌ただしく何回転かを一人で切り盛りしなければならず、初めての経験で色々なミスもあった。今では笑い話であるが、「コップ一杯のミルク」との注文に対し、ホットミルクをコップに入れて出したら叱られ、ホットかコールドかは言われた容器の種類で判断するのだと気付かされたり、単に白湯と注文されたらガラスコップでは出さない。常識といえば常識なのだが、朝はジュース以外はホットであろうとは思い込みであった。

そういう中でよくお客からチップを頂いた。何も私の給仕が好印象を与えたとは思わないが、東洋人は子供っぽく見られるためか、厨房を兼ねた給湯室に入ってきて、「オーナーには渡さないのよ、すぐポケットに入れて」と普通のチップにしては多すぎる心尽くしを頂く機会は結構多かった。しかし、オーナーには全てを正直に話し、日本人としての矜持を示したことでチップを取り上げられることもなく、むしろ日本人を理解してもらえたのではないかと思う。些細なつまらないことで誤解を招き信頼を失いたくないという思いが強かったからである。

ところがパリに滞在する人のなかには、せっかくフランスに胸を膨らませてやってきても、なかなか思うようにはいかず、自分の思い描いていたフランス生活と現実の違いを思い知らされ、自暴自棄になる人やパリ症候群という精神的に追い込まれ病んでいた人もいたように思う。フランス語も英語も堪能な言葉の問題のない人でも、フランス人との出会いがなく、寂しいフランス滞在を送っていた人もいたようである。

ホテルが人手に渡るまでの2年間、フランス人の生活を知るうえで濃密な時間を過ごさせてもらった。その後のフランス滞在が有意義に過ごせたのも、このホテルの人たちとの出会いがあったおかげであり、感謝しかない。

某日、オーナーがホテルのあるパリ6区の区役所内で6区に居住する日本人画家の展覧会が企画されていることを知ると、わざわざそのことを電報で知らせてくれたこともあった。19区に住んでいたが6区で働いているからと担当者に根回しまでしてもらったことも忘れられない思い出である。

Hôtel Condé

天使のような子供たち

まさに私の恩人である人たちのお陰で、言葉以外に習慣、考え方を知り、フランスの生活に慣れていったのである。その後もそこの家族との交流は続き、長女は残念ながら反抗期ということもあってか、親日家である両親の日本人贔屓に辟易していたが、次女は日本文化に興味を持ち、日本でホームステイした際は私の家ではなく、埼玉県だったが、母親も観光を兼ねて来日して、久しぶりの再会を果たした。

現在、このホテルは全面改装されホテル名も変わり、庶民的なホテルから3つ星ホテルに様変わりしてしまったが、景観におけるパリの法令からか私のパリの思い出であるホテルの外観だけでも、以前の名残を留めてもらっているのは有難い限りである。

赤ひげ

病気になったら病院に行って治療を受けるのはごく普通のことである。お金がなければ治療を受けることができないのも当然のことだが、生活に困窮している場合、行政に生活保護の申請をすることはできる。

日本におけるそういった手続きには疎いが、フランスでの赤貧生活の中で、フランスならではの博愛精神、心温まる思いやり、慈悲に触れることができたことには感謝している。といっても私はなにも慈悲に対してそのまま甘受していたわけではない。

渡仏前の2年間は渡仏準備のこともありバタバタしていて、歯の治療の進捗も気にせずにいたら、渡仏のための資金稼ぎのアルバイトと、日仏学館でのフランス語の勉強に忙殺され、治療をつい忘れたまま、フランスの地を踏むにいたってしまった。そのためフランス滞在中は歯痛に苦しめられた。最初に痛み出した原因は歯の神経を取った後、内部に埋めてあったコットンが腐っていたためだった。次回の予約日のことを完全に忘れていたのだから自分の落ち度であり自業自得である。それだけ渡仏に向け集中していたといえる。

フランスで治療費を安く抑える手としては、モルモット、つまり実験台になることだとフランス人から教えてもらった。歯科大の学生の実験台である。私を担当した学生のやったことなのだが、教授が指摘し、周りが大笑いしたことがあった。ありえないことに恐らく冗談でやったとしか思えないのだが、かぶせ物を逆にしていたという。私は物笑いの道具か！

まずフランス人は意外にも不器用で大雑把なことから日本の精緻な歯科技術に驚嘆し、教授はじめ周りの学生たちからは口の中をしげしげと覗き込まれた。といっても技術の差は歴然としているため良いお手本とはならず、ここでは同様の治療はできないとのことで、結局抜歯し、金属のフタをかぶせられた。日本ではすこしでも自分の歯を生かす方法をとるのに医療技術の差は実に怖いほどである。自分の体の一部をぞんざいに扱われ、無神経さにはただただ驚きである。

話が脇道に逸れたが、フランスの歯科医療の技術がまだ修得習熟されていないレベルにあることを説明したいのであり、渡仏される方は気を付けてほしい。

人の紹介でオペラ座界隈の歯科医を訪ねた時のことである。さすがに日本人が多い界隈だけあり日本人の患者が多く、日本人に関心があるのか治療よりおしゃべりの時間が多いくらいであった。奥様はたしかイラン人だったと記憶している。毎回の治療はなかなか進まず、話をしに通っていた印象もある。支払いは最後で良いと言って、いくらになるのか回を重ねていくにつれ不安になっていたが、彼の口から出た言葉に驚かされた。私の生活のことを気にされたのか、「絵描きからはお金はもらえない」。

驚いた私に、「もし良かったら診察室に飾ってある、これらの患者の作品のようにあなたの絵も飾りたいが、でもお好きなように」と言われたのだ。まるで貧しい治療費の払えない農民から、代わりにお米や野菜をもらい感謝されていた赤ひげのようで感動した。

支払いはしたように思うのだが、その歯科医が趣味で集めていた青色のガラス容器のコレクションに日本的な一品を加えさせていただいた。日本への一時帰国の際、購入したものである。

フランスには無料診療所（dispensaire）がある。月に不定期に医者が診察を行う。低所得者向けに行われるもので、なにもわからず出向いた私は歯痛を訴えたところ、そこには設備がなく、紹介された歯科医の所へ出向いた。治療が終わって、歯科医から社会保障番号を聞かれたとき、無料診療所から紹介されたこと、現在は社会保障から離脱していることを伝えると用紙を破り、ＯＫ！　支払いはいいからと言われ驚いたが、だからといって払わないわけにはいかない。慈悲に甘えるわけにもいかず支払って帰った。

取っ付きにくく、意地悪の天才と揶揄される反面、弱者に対する情け深さ、慈しみの深さを併せ持つアンバランスな魅力があるフランス人を見ていると、人としての本質とは、人はどちらを向いて行動すべきなのかを問われている気がした。「国境なき医師団」という医療、人道支援の活動をする国際ＮＰＯを創設したのがフランス人であることに納得させられる。フランス人からは素晴らしい面だけを見て学べばいいと思うようになった。

モーゼ像

社会には色々な境遇の人々がいて、その中には障がいをかかえた人たちもたくさんおられるが、美術との関わり方にも色々な選択肢があるという。

『日本経済新聞』の文化面に、視覚障がい者を伴い美術館などを訪れ、視覚障がい者と晴眼者が対話を通して、目の前の芸術作品を鑑賞するという市民団体の活動が紹介されていた。

この活動は、見えない人一人に対し、見える人二人がチームになって、作品の前で言葉を交わすというものである。

晴眼者は美術史的解釈や表現方法にとらわれず、精緻な視覚的情報と自らの生活経験や感覚、感情を踏まえ、具体的、個人的に自分の言葉で語ることで、洞察を促し同質の体験を与えることを目的とする。言葉のコミュニケーションで見えない問題を超え、逆に目が見える人でも他人の目を通して「観る」ことで気付かされる事もあるという。つまり視界に無いものが見えるという作品の意味が付加され、鑑賞の本質に気付かされるのである。

大切なものは目には見えず、ものごとは心で見なくてはよく見えないということなのである。

私の研究対象である19世紀のフランス人画家、ウィリアム・ブグローのイタリア滞在の足跡をたどる旅をした際、ブグローがローマのサン・ピエトロ・イン・ヴィンコリ教会を訪ねていることから、そこに立ち寄った時のことが思い出された。もっともここは観光客で賑わう名所の一つであり、ミケランジェロの『モーゼ像』があるためである。

高さが2・35メートルあり、右手に十戒が刻まれた二枚の石版を抱え、長い顎鬚をたくわえているが、ラテン語訳のウルガータ版聖書のモーゼの顔が「光輝く」を「角の生えた」と誤訳したことから、このモーゼには角が生えている。

ここでの私の衝撃はその大理石像そのものではなく、視覚障がい者の女性にルネッサンスの巨匠の傑作のひとつに素手で直に触れさせていたことである。脇に立つ人が手に鍵束を持っていたことから、鉄の柵を開錠した係の人だとわかったが、

『モーゼ像』ミケランジェロ作

障がい者の行為ひとつひとつに眉をしかめることもなく、全く自由に触れさせていた。最初、私は驚愕し、監視員と障がい者のそれぞれの顔を交互に目をぱちくりさせながらこの状況が理解できず、むしろ私がおろおろしてしまうほどであった。同伴者の言葉による説明と手による感触で確認しながらの鑑賞に、彼女の顔は喜びで輝いていたことが印象的であった。彼女にとっては暗闇の中で巨匠の煌きを手探りで感じられた瞬間だったことだろう。ルネッサンス期の巨匠に思いをはせることで一気に世界が広がっていく。まさにこれこそが美術の役割ではないだろうか。

これは特例中の特例であろうことは想像できる。視覚に障がいのある人の多くは触覚による立体物の認識を望んでおり、言葉で補いながら晴眼者と共同で作品のイメージをさらに膨らませていくためには、如何にして想像力を喚起させるかにかかるのである。しかし、イタリアという国の寛容さに心を打たれてしまった。社会は多様性を受け入れることで誰もが心地よく暮らせる場所になるのであり、障がいと社会をつなぐうえで美術も選択肢の一つである事を知らされた。

アフリカでの痛ましい事故

白アフリカとも呼ばれるアフリカ北部の3国、モロッコ、アルジェリア、そしてチュニジア。私は資金稼ぎのアルバイトでチュニジアに10カ月間滞在していた。アフリカの大地である。先進国の日本との生活水準のあまりの違いに愕然とする。ヨーロッパだと先進国の共通した認識が持てるが、流石にこの国は全く異次元の世界である。

首都はヨーロッパ的に発展しているものの、ともかく地方では失業者が多く、多くの若者たちは日中何をすることもない。路上で虚ろな目をして覇気がなく、通りを行き交う人や車の往来をぼんやり見つめている。夢や将来の展望も持てずに、時の移ろいに何をするでもなく身を任せ、たたずむ姿にこちらもやるせなく思うのである。生まれた国が日本でよかったとつくづく感じたものである。

日本の企業が、セメント工場でチュニジア企業に技術提供し、契約期間満了時にセメントの生産性を担保することで完全に撤退するという一大プロジェクトに多くの日本人が動員された。しかし、現場ではチュニジア人による窃盗事件が頻繁に起こるのである。外国人と働く危険性、文化の違いを思い知らされる。

セメントの製造ラインで起こった事故

日本から直接派遣されてくる日本人技術者と母国語のアラビア語しか話さない労働者の間では、話はかみ合わない。それぞれに通訳が必要になるのだ。準公用語はフランス語であることから、日本語をフランス語に訳す日本人通訳者と、フランス語をアラビア語で伝えるチュニジア人通訳者である。作業中絶えずその場で意思疎通が図れれば、トラブルは避けられるかもしれないが、人員の余裕はなく、実際は現場で身振り手振りで教えることのほうが多いのである。高度な技術は相手の技術者も知的高学歴で理解しても、単純労働者においては理解度は低く、仕事に対して求められる姿勢は技術者と肉体労働者という関係であれば、不満を抱えている者が多いのである。

労働者にとっての生活保障、労災における不十分な補償に低い日当、身体的負担、セメント紛の吸引により蝕まれる肺の病気、十分な防御用具の支給さえない有り様であった。

山よりベルトコンベアーで送られてくる原石を、より細かく砕くため巨大な鋼鉄製の円筒形をした粉砕機の中に入れ、回転させる。内部にある鉄球が回転と同時に原石とぶつかり合って石を砕くという装置である。

一つ間違えると大惨事になるため、作業にはチームワーク、お互いの信頼が不可欠である。定期的に内部の点検及び清掃をするため、日本人の技術者が入る。外部に設置されてある操作ボタンにはカバーがつけられ作動できないようにしてあるはずである。日常おこなわれていることであり、作業前には明確な連絡は取り合っているはずだった。ところが誰かがそのボタンを押したのだ。

すぐには非常事態であることに気付かなかったため、結果は実に凄惨を極めた。幾つもの鉄球が生身の体に飛んでくるのだ。何千回、何万回と打ちのめされたことだろう。鉄球が皮膚を裂き、骨を砕き、人の体をなしてはいなかったことだろう。内部は血の海と化していたそうだ。どのような状態で発見されたか想像するのも忍びない。誰がボタンを押したのかと犯人捜しよりも大切なことが抜け落ちていたのではないのか。なぜそのようなことが起こってしまったのか。危険な作業と分かっていても毎日行われる慢性化した作業で、一つ一つの確認が全員に周知徹底され共有されていたのか。労働に対する不平不満、差別意識、意思疎通、国民性の違いで作業する者同士に温度差が生じていては堅固な信頼関係は築けない。外国人と共生するうえでの難しさがそこにあるのだ。

被害者の方とは面識があった。一度食堂で話したことが思い出される。御自身も絵描き志望で美大に進みたかったが、生活面の不安から親に反対され、建築科へ進んだと言われていた。北九州市の出身ということでより身近に感じていた。気さくで温和な方だった。合掌。

実はもう一件の衝撃を受けた事故がある。

私は久しぶりに羽を伸ばそうと、セメント工場近くのアンフィダ村から首都チュニスへ

100キロ程の道程を2時間弱のとても快適とはいえないバスでの移動をしていた。バスは地平線の広がる荒野をノンストップで走り続けていた。ところが人も車も少ない過疎地で悲惨な事故を起こしてしまったのだ。それも人身事故である。

砂漠地帯と言うより広大な荒野にサボテンがところどころに見られるところで、一直線に走る道路で交通事故が起こるとは信じられないことであった。灼熱のアフリカで対向車と出会うのも稀な地帯、いったん出発をすれば次の停留所までは道が延々と続く。周辺は何もない同じ風景だ。バスの車窓からの無味乾燥な殺伐とした風景が珍しく一変してくる。道路わきに小部落のような住居がちらほら点在するので久しぶりに目を凝らし見る対象物として現れだしたころ、最後部に座っていた私は熱気で気だるい身体がドンと強い衝撃とともにふわっと上下にバウンドし、前の座席につんのめった。急ブレーキでバスが止まったのだ。何が起こったのかと周りを見回した。

車内では乗客たちが騒然とし、全員が片側の窓の外を見ている。2歳ぐらいの全裸の女の子の両脇を両手で抱え上げる父親と思しき男性が尋常でない険しい顔で絶叫している。そばで狂乱し泣き叫んでいるのは恐らく母親なのだろう。驚いた私が抱えられている小さな女の子に目を移すと生気は失われていて、やっと交通事故でその女の子が亡くなったのだと分かった。

即死だったようだ。窓から顔を出している乗客一人ひとりに、父親がバスの高い窓の位置まで死んだ娘を持ち上げ涙ながらに訴えている。神に救いを求めるように、私も間近に父親の悲痛な目と幼児の死体が向けられた時はハッとし、とっさに目を閉じてしまった。直視できず耐えられなかったからだ。こんな生々しい凄惨な光景を見るのは初めてである。徐々にバスの周りには部落の人たちが集まってきて、悲嘆に暮れ、両手を天に突き出しアラーの神に救いを求め祈りを捧げているその場所一帯が異様な雰囲気に包まれていた。

一方運転手を見ると運転席でハンドルの上に身を崩し、頭を両手で抱えて号泣しているのだ。気のゆるみだったのだろうか、信号も横断歩道もない荒野の一本道、誰が道路上によちよち歩きの幼児がいると思うだろうか。幼児の保護監督責任が親にもあるだろう。

その後、バスは泣きじゃくる運転手が中継地まで運転せざるを得ず、最後まで職責を全うする運転手が気の毒であった。運転席の周りで乗客たち

部落に近い直線道路

から励まされながらハンドルを握り続ける運転手の頭の中は真っ白な状態だったことだろう。バスはまだ結構長い道のりを走り続けた後、乗客全員はバスを乗り換えることになった。

そして、バスを降り車体に血痕が飛び散っているのを見た途端、事故の現実に衝撃を受けた。運転手は職を追われるだろう。失業率の高いこの国でこれからどうやって生計を立てていくのか。事故車を離れる時の憔悴しきった姿が目に焼き付いて離れなかった。休暇の気分がいっぺんに吹っ飛んだ出来事であった。

免税店と旅行会社の関係性

添乗員と営業マン

フランス滞在当初にパリで色々な観光名所を巡っていた頃、お土産屋の店先で変な日本語で呼び込みをしている現地の人を見かけた。日本人から吹き込まれたのか、日本人を通りで見つけると、「ここにちは。ここは高いよ、高いよ、どうぞ、どうぞ」と飛びっきりの笑顔でオウムのように繰り返し呼びかけているので吹き出してしまった。日本人をカモにしている商売人なら、言葉を教えた日本人は悪意どころか、善意からではなかったのかと思ってしまう。まさか面白がって入店する人はいないと思うが、老婆心から正しい日本語を教えようとする人はこの業界のことを知らないごく普通の優しい日本人であろう。

最近はもう日本人旅行者が免税店で買い物をすることは、なくなってきているのではないだろうか。

免税店と旅行会社の関係はリピート客から知られるようになり、日本国内でも安価で外国製品が買えるようになってきていることから免税店離れが起きているのではないだろうか。

パリに限ったことであるが、オペラ座周辺には多くの免税店が乱立していた。日本レストランも多いことからオペラ座のメインストリートは日本人通りとも呼ばれていた。

私が免税店で働いていた時、営業も販売も、どちらの仕事も経験があるが、買い物は免税ができる金額に達しなければ、むしろ日本で購入するほうが既に安い時代になりつつあった。なるべく免税ができるために、まとめて購入してもらうよう、お客の満足はもとより、こちらとしても心苦しさ故に、日本より安価で購入していただけるようまとめて買い物されることを勧めていた。店側にとっては商売というのは利益を得るために客を騙してでも売るというものだ。しかし日本人として、雇われの立場でできることは罪悪感から逃れるためには何らかのサービス、困っていることに日本語で応えてあげたり、情報を提供する程度のことでしか奉仕できず、やはり詭弁だと言われても仕方がない。所詮自分自身を偽って納得していたのである。

観光客の免税店へのたらい回し

免税店での売上額の数パーセントが旅行会社へ入る仕組みである。

小遣い稼ぎで添乗員のチップ要求

野暮用に使った費用の回収のため、免税店ばかりを回って補填しようとする人もいる。そのため売上回収率の高い店に連れて行こうとする場合があるという。

団体旅行の限られた時間の中で免税店巡りなど旅行者にとっては大変迷惑な話である。しかも「ここの店では買わないでください。次の店ではもっと安く買い物ができます」と、添乗員の自分に入ってくる小遣い銭稼ぎを優先させたり、「この店で最後です。もう買い物はできませんから、ここで買ってください」などとマージンの高い店での買い物を強要するのである。名所旧跡では分刻みの移動をさせておきながら、旅行の目的が何なのかわからなくなる。日本人が日本人客を利用した商法なのである。

要するに外国の事情に疎い日本人に対し、日本人が日本語による接客を通してフランスの土産を一カ所で済ませられるよう有名ブランドの化粧品、香水、バッグ、スカーフ、小物類などの品ぞろえを行い、免税手続きを代行し、その場で免税分を返金するシステムである。

一般的には現地のお店で全額支払い、免税手続きすることで、後日、店から日本に返金されるが時間がかかる。

免税店利用のメリットとしては、買い物と同時にその場で免税されるということだが、その代わりに旅行客は日本へ帰国する際、空港の税関で免税書類に判を押してもらい、ポストに投函することになる。後日、店側に返金されてくるやり方に見えるが、免税店でその場で免税されると税関で手続きをしない旅行者もでてくることから、販売員に嘘の免税書類を作成させたりする店もあった。つまり免税店は税関とつるんで裏工作するようなこともあるのである。

連日、ツアー客を乗せた大型の観光バスが店に横付けし、多い時は一度に50名近くの日本人が来店する。それが1日に何回もあるバブルの時代だったのである。外国人オーナーはほとんどユダヤ人と聞くが日本人旅行客の顔は札束に見えたことだろう。彼らの下で働く日本人は非国民か、罪悪感に襲われる。

添乗員の仕事に就く理由も人それぞれだが、真面目であるがゆえに日本人のモラル低下が要因で日本の現代社会に適応できず、ストレス社会から逃避するかたちで、日本と外国を行き来しているという人たちも中にはいた。

添乗員の仕事

飛行機に乗る搭乗手続き、出国手続き、入国手続き、グループの保安、健康、旅行日程を守り、規律を守らせ、要望にも応え、満足してもらえる旅行にするため気を遣う大変な仕事ではあろう。

営業マンに対する横柄な添乗員の態度

サービスの要求

日本人観光客は免税店のお得意様である以上、営業マンはツアー客の情報が旅行会社から送られてくると空港へ向かう。入国ゲートから出てくる引率者である添乗員に群がる多くの免税店の営業マンたちが、低姿勢で来店をお願いする光景は異常であるが、そこは駆け引きで色々なお願い事に応じられるかでグループの獲得が左右される。それゆえに徐々にエスカレートする営業マンを見下す態度には目に余るものがあると言える。

某営業マンの精神面の限度

添乗員は、自分が多くの旅行者を引き連れ買い物をさせてやっているという意識が強いものだから、低姿勢で接してくる営業マンに対し、理不尽な要求、上から目線であるのだ。ちやほやされるとすぐ図に乗ってくる者がいるのである。人が頭を下げるのは会社の看板に対してであり、その添乗員個人に対するものではないことに気付かないのである。自分には力があるの人が寄ってくるとつい勘違いする早とちりのおめでたい人間なのである。誰が年若い相手に頭を下げるものかと思いながら割り切るのが営業の仕事である。そういった横柄な態度に業を煮やし、添乗員の宿泊するホテルへ殴り込みをかけ、暴挙にでた営業マンがいた。

銃での恫喝である。サイレンサーまがいに枕を使って壁に一発撃ち込むと添乗員は涙ながらに命乞いをし、謝罪したと自慢気に話をしていた。

フランスでは銃はパスポート提示で簡単な手続きを踏めば購入できる。銃そのものはそんなに驚くほどの価格ではない。フランスで銃を所有している日本人は意外といるようである。所持することで気持ちが大きくなるのだそうだ。そのような武器に頼ることしかできない者は所詮ちっぽけな人間である。自分の力で対処できないために、そのようなものに頼るのである。些細なことから取り返しのつかないことに発展し、一生後悔することになるのではと心配する。所持すると撃ちたくなり、動くものを撃ちたく

銃砲店

なる。そして小動物に狙いが向き、感情的にいさかいが起こると銃口を人間に向けることにはなりはしないか。絶対に銃は手にしてはいけないのである。

身に纏うもの

フランスはこれまで多くの天才を生んできた国であることは歴史を見ればわかることだと思う。色々な分野で天才を輩出してきたことから、聖地、発祥の地としてフランスに思いを寄せ、本場で学ぼうと留学してくる人は今日においても多い。長年、国際的に美術界を牽引してきたのはフランス画壇であり、世界から芸術家が引き寄せられるようにパリに集まってきた。私もその一人である。

私が免税店で働いていた時、販売員として入ってきた日本人女性が初日から仕事に不満を漏らしながらこう尋ねてきた。

「あなたは天才に実際に会ったことありますか？」

顔を横に振って「いいえ、ありません」と応えると、

「そうでしょうね。私は3人の天才に会ったのよ。素晴らしい人たちだったわ」と、誇らしく話すのだ。自分にはこういう人たちとの交流があるんだと、さも自分は販売員をやっている連中とは違うと言いたい素振りで、まさに人を見下した話し方である。

「それは素晴らしい出会いですね。その素晴らしい出会いで得たものを人に伝えられれば、そ

れはもっと素晴らしいことではないですか。どうでしたか？」と尋ねると、意外にも何も答えられないでいる彼女に、

「その人達が天才なのはいいですけど、あなたはどうなんですか。あなたはその出会いで、むしろご自身の器を小さくしていませんか？」

私はむしろ天才と言われる人とどういう話をし、何を感じたのかを教えて欲しかったのだ。聞いたことをひとり占めにして無意味な内容のない自慢話に意地悪く応戦してしまった。

その店員はすぐに店を辞めた。何故急に辞めていったのか、恐らく自分に自信がなく、自分を繕う何かで見栄を切りたい人なのではと思ってしまうのである。

恐らく1回会ったくらいで、自分が特別な存在だと勘違いしているのだ。確かに名声を得ている人に出会う機会が持てることはその人が持つ運であろうし、出会えるのはそれ相応の人なのかもしれない。それなら、何故免税店で働こうと思ったのだろうか。自分は不遇ではあるが、天才は天才を知るとでもいいたいのか。

その人の例は、まるで着こなしているとはお世辞にも言えないシャネルなどの有名ブランドを身に纏って気取って、誇らしそうにしている人のようである。人の目に自分は素晴らしく映っているとうぬぼれているようだ。そのブランドに見合うように中身を磨くことを考えるべきではないだろうか。

勘違いをする人はそこかしこに見受けられる。

自分が天才でないことぐらいは分かることだ。だが決して認めたくないものだ。ただ才能があるかどうかは自分では分かるものではない。才能のなさを認めたくないからこそ喘いでいるのだといえよう。確かに神がかった天才はいるだろうが、世に天才と呼ばれる人の多くは、想像を超える努力の天才なのであり、凡人はその人の表の顔より、裏の顔を知るべきである。既成概念を壊す1パーセントの発想に99パーセントの物凄い汗をかいている人なのだということを知れば、浅はかながらも我々は少しは希望が持てるのではないだろうか。凡人は自分が天才でないからこそ、より一層努力し頑張らなければいけないと思うのである。

嘆願書

ノルマンディー地方のルーアンの街が有名なのはジャンヌ・ダルクが火刑にあったこともあって、彼女にまつわる建造物が現存するからであり、観光客が多い。火刑にあった場所には現在十字架が建っている。

なにもそういった理由でこの地への居住を決めたわけではないが、パリのように都市の真ん中を流れるセーヌが新市街と旧市街を分断している、一度訪ねた時の現地の人の印象の良さから決めた気がする。フランス滞在4年目の時であった。

旧市街地と私の住む丘の麓のアパートを結ぶ一本の並木道がある。国道わきの並木道。昼間は両脇の木々の鬱蒼と生い茂る葉に覆われたトンネルの中を木漏れ日を浴びて歩く楽しみがあり、夏にはちょっとした避暑地のような感覚が得られる。そのような場所で事件が起こった。

某日の夕方、買い出しのためその並木道を歩いていると前方に挙動不審な女性がわめいているのが見える。また浮浪者かと思い、遠巻きに通り過ごそうとしていたところ、ふとその人の顔をみると頭から血がかなり出ていたのだ。

その人は50歳代の女性で買い物かごを腕に提げていた。

「助けて助けて、殴られて財布を盗まれた」と泣きながら訴えを私に向けた。

大変な事態に遭遇した。周りには誰もおらず、私しかいないのだ。要するに私が事件の第一発見者になってしまったのである。

どうすればいいのか分からないでいると、そばを走る国道で1台の車が急停車した。ドライバーの女性が大声で叫んでいる。先ほどの男を追跡し、カフェに入ったのを確認したという。「案内するから来ませんか。すぐ行けば間に合う」というようなことを言っている。おろおろする女性は言われるがままに、乗り込み、車が走り去るのを私は呆然と見送るしかなかった。

その場に残された私は天を見上げ、正直言って安堵の念を抱いた。もし助け船がなかったらその状況に私はどのように対処できたのかと自問する。車を見送った後も150メートル程の通りに人影はなく、日本のように交番などない。狐につままれたような一瞬の出来事に私自身気持ちの整理ができない状態であった。現実なのか忘却の彼方へ消し去られていきそうな記憶のあやうさに戸惑っているのである。反面私の心の中では何も見なかったのだと自分に言い聞かせる感情が芽生えだしていた。

とはいうものの毎日通る並木道、翌日も事件のあった場所につい立ち止まり、自責の念を覚える。暴行時に私は何も見ておらず、被害者が指さす逃げていく男の後ろ姿がちらっと見えたような、見えなかったようなそれもはっきり記憶していない。申し訳ない思いであった。実際に第一目撃者とは言えないのかもしれないがわからない。しかし、血まみれの女性を目の当たりにしたことは紛れもない事実であり、そういうことでは第一発見者だ。

ところで被害者を連れて行った女性はその後どう行動したのか、財布は取り戻せたのか、警察に連絡されたのか、被害届は出されたのか、犯人は捕まったのか、女性の傷はどうなったのか、全く分からない。その後、気になって仕方がなかった。気にし続けてもらちが明かないので意を決し行動に移した。

市長への嘆願書である。事件の概要、なぜこういった犯罪が起こったのか、問題提起、そして改善提案である。歴史的にも国際的にも注目を集める素敵な街を心無い者によって汚されたこのイメージを払拭してもらいたいと思ったからだ。それに事件が夕方のだんだんと薄暗くなっていく頃に起こったこともあり、外灯設置の必要性を説いた。とにかく風化させてはいけないという思いからである。

1週間ほど経った頃、有難いことに手紙が来た。思いもよらなかったことで回答を寄こしてくるものなんだと驚いた。市議会で私の手紙の内容が紹介され、治安のことが議題に上がったことを報告してきたのである。

さらに経過報告ということで二回目の手紙も頂いた。都市計画の一環で、並木道が整備されることになったという追加報告であった。「やった！」という思いである。外国人の訴えに耳を傾ける度量の広さに感服した。

丁寧な連絡を頂けたのも、この観光都市の別の顔を外国人の目から見た指摘に市議会としては看過するわけにはいかなかったのではないかと思う。

大都市パリではこうはいかないだろう。地方都市だからこその迅速な対応だったのだと思う。私にとって最初の議会を動かす投稿であった。外国人であっても行動すれば振り向いてもらえるのだと自信を持った瞬間であって、その経験から後年ラ・ロシェル市へ移り住んでからも一市民として市長に意見書を書き送ることもした。

見て見ぬふり、自分を偽るなど恥ずべきことであり、この事件に関わったことで気付かされ、自分を戒める機会となった。義を見てせざるは勇無きなりかとも思う。

しかしながら、外国生活を送るにおいては、事件に巻き込まれない、事件に関わらない、野次馬根性をださない、どのように遭遇するかも分からない。特に外国人の立場を考えれば気を付けなければいけないことである。

後日談

その事件から数カ月過ぎた頃、私がルーアン美術館で模写をしていたら、美術が好きだという10代の女の子から話しかけられた。なんとなくこの街のことを話していたら、忘れていた事件のことに話が及んでいき、驚いたことにその女の子が被害者の娘であることを知った。

買い物に行っていたときに襲われたことから徒歩で行ける範囲であろうと推測していたが、

私のアパートのすぐ近くに住んでいるとのことで更に驚いた。これまで再会しなかったことが不思議なくらいであった。それから、被害者の女性に会い、嘆願書のことを話したら感謝されたが、財布は戻らなかったそうで残念だった。しかし、時の経過に癒やされたのだろうか女性の笑顔に救われた思いがした。

中央手前を走る道路の右側の並木道で事件は起こった

不思議の国の悩める日本人

先進国ほど同性愛者が多いと言われる。フランスはあまりにも多くの同性愛者がいるため、社会は彼らを受け入れざるを得ず、今では市民権を得ている。同性愛者同士の結婚も認められている。何も欧米人ばかりではなく、好むと好まざるとに関係なく、フランスで日本人でもこういった関係を結んでいる人が増えてきている。日本人は身体が華奢なことから狙われやすい。好まざる側の者にとっては、これはまさに恐怖である。

私は数人のフランス人男性とは信頼を寄せ合う友人関係をもったが、彼ら以外のフランス人男性と接するときは、まず隙を見せず警戒する。あくまでも特定のフランス人男性を指すわけだが、私としてはご遠慮したいというのが正直な感情である。因みにフランス滞在中、幾度か狙われたが、幸い被害を受けることはなかった。以下、フランス人の実態をお伝えしようと思う。

日本人に近付くフランス人には四つのタイプがあると思われる。まずは日本文化（日本語）に興味がある人、いわゆる親日家。もしくは日本企業への就職を考え日本人を利用しようとする人。フランス人社会に馴染めない、入れない、相手にされない、友人を持てない、なよなよしたいわば変人。そしてパートナーの対象として近付いてくる同性愛者という以上のタイプである。

フランスの地を初めて踏んだ直後に、ナンシー大学への入学が決まっていたのでパリ観光もせず、アルザス地方のナンシー市へ移動した。その地で初めての経験を味わったのだ。場所は映画館で確か青春ものをやっていたと記憶している。館内は人はまばらで、通路から数席のところで周辺には誰も座っていないゆったりと鑑賞できる席を確保した。ところが薄暗い中をなかなか座る席を決め切らず右往左往している、ステッキを持った老人らしき人物がいて、目障りだったが、すると何を思ったのか私の座っている列に入って来たかと思うと、何とちゃっかり私の隣の席に座ったのである。

座席はガラガラなのに私に目をつけ近づいてきたわけである。その人物は興奮しているのか息使いが荒く、そのうち手が私の太ももに伸びて股間をまさぐろうとしたので、私は咄嗟に、その行為をなじる言葉を発しながら、数席ずらしたところへ移動した。危険を感じたが、その老人はそそくさと逃げるように出て行った。同性に興味を持つというこれが同性愛者というものなのだ。なんとも不思議の国に迷い込んでしまったものだと気付いた瞬間であった。

またフランス滞在何年目だったか忘れたが、なかなかフランス人の友人ができなかったとき、当時パリ第9大学の中にあったパリ東洋語学校（通称：ラングゾー）には日本語の勉強をしている親日家がいるということで、「学校の掲示板に日本語とフランス語の交換授業を求むという貼り紙をしてみたら」と、人からアドバイスをもらった。

早速実行すると数日後、突然夜中に訪問者があった。当時は電話をつけていなかったので、連絡先として住所を記すしかなかったのだが、それが失敗の元であった。手紙での連絡を期待していたところ、直接訪ねてきたのである。オートロックの立派なアパートではないのでいつ何時、誰でも階上に上がって来られるのである。

屋根裏部屋のドアをうるさく叩く者がいるので、仕方なく開けると目の前に180センチを超える大男が立っていた。貼り紙にはフランス人の語尾にe（女性形）をつけていたにもかかわらず、望んでもいないフランス人男性が訪ねてきたのである。可愛い女の子どころか、髭もじゃで薄気味悪い、見た目がまるで『美女と野獣』の野獣のイメージの男である。夜が遅いと断っているにもかかわらず、強引に室内に入り込み、友人になりたいとしつこいのである。おまけに卑猥な雑誌を見せ、フランス人の同性愛者の生態について語りだし、明らかに日本語を真面目に勉強しているのではなく、パートナーを探しているのだと直感した。

2時間ほども粘られたが、追い出した時には私の神経はすり減って疲労困憊であった。体力ではかなわない相手にどうなることかと暴行される女性の気持ちがわかった気がした。

後日ゾッとするラブレターのようなものが送られてきて、アルバイト先のフランス人オーナーに見せたら、危険だから、早く引っ越したほうがいいと勧められたほどであった。

団体ツアーで訪ねただけでは、その国のことはほどんど分からない。自由時間があったり、個人旅行であれば現地の生活の側面を垣間見られ、肌で感じられる部分もあるだろうが、実際には住んでみないことには実態を知ることはできない。華やかな面があれば醜い裏側があるのである。見た目の容姿だけでは分からないフランス人の裏の隠された本性の顔を見ることになる。

サン・ラザー駅構内に公衆トイレがあり、フランスでは用を足すにも有料である。大をするキャビネットではない小をする場所には、20人ぐらい同時に使えるように隣とは仕切り板で遮られているものの、まさに横一列にズラリと並び壁に向かって行う、こういう設備は日本のものとさほど変わらない。利用する者で埋まっているため、それぞれ適当に使用中の人の後ろに並び、終わるのを待つのであるが、なかなか替わってもらえないでいた。フランス人はえらく長いものだと、こちらはそろそろ我慢の限界に近づいているのだ。

目の前の人が終わってくれれば替わることになるのだが、20人ほどの使用中の人たちが一人もまだ替わっていないことに気付いた。よく見ると何と各人が隣の人の方へ頭を垂れ、仕切り板の上から隣の人の一物を覗き込んでいるのである。『ナニコレ珍百景』でもテレビでは映せない光景である。実はこの場所はホモのたまり場だったのである。

やっと空いて、ホッと気持ちよく用を足していると、やはり隣の顔が覗き込んできた。左側からきたので右に身体をよじると、今度は右側の男の顔が覗き込んでくるのだ。見られないために反射的に片側の手のひらで隠すように覆うと、なんということか隣の手が仕切り板の下から伸びてきたのだ。どこまで食らいついてくるんだ。油断も隙も無いとはこういうことを言うのかと驚きで出るものも止まってしまい、嫌悪感にトイレの消毒液特有の鼻をつく臭いも相まって増幅する不快な雰囲気を払いのけるように、トイレから逃げだしたのである。それ以来二度とそこを利用することはなかった。

人の顔をニヤニヤしながら見つめ、舌を出してアイスクリームを舐めるような仕草をされることもあった。どうしてフランス野郎を好きになれようか。このような性癖を持った連中もいるということを知っておくべきなのだ。

ファッションデザイナーとしての修行のため渡仏していたある日本人は、某有名なフランス人デザイナーの店への紹介状があったことから作品をもって会いに行ったところ、その場では見ようとせず、自宅に持って来るよう言われたという。2人っきりで会いたいということだ。多くのフランス人デザイナーが同性愛者であることは周知の事実であることから、それが何を意味するか分かっていた本人は、自分の力を認めてもらえるなかなかないチャンスであることから覚悟した。後日、デザイナー宅の玄関の前まで行った彼は悩み抜いた挙句、結局割り切れなくて、とうとうベルを鳴らすことなく諦めて帰ってきたという。

ラ・ロシェルの美術館館長夫妻から自分たちの友人が私を家へ招待したいと言ってるが受けるかと尋ねられた。有難いお話だと思いお受けすると告げ、当日館長宅で待ち合わせし、その人が我々を車で迎えに来ることになっていた。

まず館長宅で夫人から聞かされたことが、その友人という人物は同性愛者で、私に興味があるということだった。「触れられることはないから大丈夫、私たちの友人であり、私たちがいるんだから」と言われたが正直不安であった。「断ってもいいんだよ」とは言われたが、なぜ当日に言い出すのか解せないが決断を迫られた。私が研究しているウィリアム・ブグローにも関心がある人だということだったので、なにか情報でも得られればという思いから会うことに決めた。

出版会社で編集の仕事をしているという人の立派な邸宅にはプールもあり、ベトナム人のコックがいた。なかなか手の込んだ美味しい食事が振る舞われた。実はそのコックが彼のパートナーであったのだ。正直私は救われたと胸をなでおろしたのである。しかしその反面、ボディビルダーという異色のキャラクターが面白かった。私にとって憧れの肉体美を是非見たいと私は懇願し皆も囃し立てたが、何故かはにかむ姿がなんともはや女性的なのである。各部屋を案内されたとき、ベッドルームでその筋肉隆々のベトナム人の恥ずかしがる様子が可笑しかった。

私を招待した人がプレゼントがあるというので何かと思ったら、ブグロー自身のサイン入りのブグロー作品の写真版画なのである。ブグローが当時契約を結んでいた美術出版社であるグーピル社の落款がついたもので館長も本物であると太鼓判を押した。喉から手が出るくらいほしい。でも受け取った後のことを考えると怖かった。夫人からもらったらと肘を突かれ、頂くことにした。

当時ラ・ロシェル文学アカデミー会長の亡くなった母親のマンションに住まわせてもらっていたのだが、ある日、ベルが鳴ってドアを開けると何と目の前にその彼が立っているのだ。凍り付くほどの戦慄を覚えた。

「やぁー！　奇遇だなぁ。ここに住んでいるんだ」

白々しくもよく言えたものだ。私の住んでいる場所を探していたのだ。どうなることかと焦っていたところ、たまたまそこへ偶然にも会長が訪ねてきて、玄関口で鉢合わせのようになったことで、彼は気まずく感じたのか帰っていったが、まさに天の救いであった。帰り際にニヤニヤ私を見つめる目に鳥肌が立った。この件は館長夫妻にすぐ連絡し、断固拒絶すると伝えてもらったことで彼が私の前に姿を現すことはなくなった。なんでもベトナム人が母国に帰ることになったため、その後釜を探していたようである。

ところで、現代においては、性別が不明確な人を見かけることがある。それは本人の意識が変わってきたためなのか、社会が寛容に受け入れるようになってきた証拠なのだろう。例えば性同一性障がい者は同性愛者とは違い、混同して安易に差別意識を持つべきではない。

外見の違い、見た目の印象から偏見の目で見てはいけないのだ。性同一性障がい者が医学的に疾病にあたり、性の自己意識と身体の性とが一致しないのに対し、同性愛は自分の性別をはっきり自覚し、同性に対し恋愛感情を抱いたり、性的衝動に駆られたりするのだ。だからこそ、性的指向を好まざる側に向けられることには、危険がおよぶ恐れがあるということを私は言いたいのだ。

日本人よ、毅然とした態度をとり、危険を感じたらすぐ逃げろと言いたい。「フランスに住むのもつらいよ」である。

道を歩けばあたるモノ

フランスで地図を片手に目的地を探していて、なかなか辿り着けない時、困っている私に現地の人の方から声を掛けられたり、それでも解決しない時は、周辺にいる別の人が助け船をだしてこられ、相談しながら私が探している場所を探してもらったこともあった。なかには親切にも目的地まで案内してもらうようなこともあった。この国の国民性に感動したものである。もっともパリ以外での話であり、私の訪ねた周辺国に於いてもそういった親切を受けたことは度々あったことが思い出される。

逆にフランス人から外国人の私に道を尋ねられることはパリでは日常的に、地方でも稀にあったが、現地の人か観光客だったかは定かではない。苦笑いをしてしまうことだが、それだけ、フランス国内は国民にとって、日常的に外国人と接する機会が多くて、違和感を感じている住人がほとんどいないということだ。その点では日本とは違うのである。

実際に日本ではどうかというと、残念ながらありえない話だ。日本人が外国人を避ける傾向にあるのは、言葉の問題からであると言われる。はたしてそうだろうか。困っている人を見かけて、まず思うことは外国人だから恥はかきたくないということだ。助けようという気持ちがあったらすぐに何らかの行動をとるものだ。コミュニケーションがとれないからと瞬時に決めつけるのは、人として実に卑怯な行為である。自分は対応できないから見て見ぬふりに徹するというのは、まったく日本人特有の国民性にある。

道案内に関して追記することがある。全ての人が善人だとは限らないということだ。パリからニューヨークに絵を抱えて、画廊回りをするため飛行機で渡った時のことである。私にとってアメリカは初めての地であった。空港からバスで市内のバスターミナルに夜遅く到着した際、多くの黒人の若者がたむろしていた。とにかくニューヨークは黒人だらけである。大きな図体の黒人が夜にうようよいるとちょっと怖い感じがする。暗い中に黒い物体が動きまわっている様は、闇夜のカラスの表現そのもののように電灯の光が反射して眼光だけがギラギラしている。その中のひとりの若い黒人が近寄って来た。

何処に行くのか聞いてきて、いきなり私のバッグをとり、一緒に行こうという。まず身分証明書を私に見せるのである。どこかの大学の学生証のようだ。宿泊地を尋ねられ、自分が案内しようというのである。学生証は安心させるためであろう。しかし本物かどうかはわからない。不安になり、だが荷物は勝手に握られている。旅疲れからか頼ってしまい、道中片言の英語を話しながら、徐々に彼の行為は親切心からなのだと単純に思ってしまっている自分がいた。

ＹＭＣＡに到着すると、心の隅に抱いていたことだが、案の定、金を要求された。そういう下心があるのではと疑念を抱いてはいたが、流石に金を払ってしまうと気分は不快になった。

初めてのニューヨークで迷わず宿舎に到着したことを良しとして気持ちを切り替えることにした。

ところがむしろ彼に感謝せねばならなかったのである。宿泊予約していた場所を勘違いしていたことが分かった。どういうことかと言うと、私が頭の中で思っていたところは予約していた宿泊所ではなく、彼に見せた紙に書かれてあった宿泊所が実際の予約されていた場所だったのでそこへ案内してもらい助かったわけである。彼から宿泊所を尋ねられ予約票を見せろと言われ見せたのが良かったのである。もし彼がいなかったら道を迷いながら勘違いしていた場所へ辿り着いた挙句、疲労困憊し、きっとタクシーに乗って予約している場所へ行くはめになっていたことだろう。要求された金額は適性だったか分からないが、道案内の対価としてのお礼であったと私は納得した次第である。

パリを訪れる日本人は平和ボケで警戒心がなく、バッグの口は開いたままで口も開けてキョロキョロ名所旧跡に見入っている。油断や隙があれば狙ってくる者がいることを知るべきである。そういうことが十分に分かっていた私であっても、他国を訪ねると同様に油断してしまうのである。そういう状況にある日本人に金目当てに寄ってくる人間がいることを忘れてはいけない。

結果が良かったからいいものの、やはりアメリカ、特にニューヨークは危険がいっぱいである。ニューヨークに行く前にアメリカ人のマダムから聞かされていた彼女の経験談では、観光で昼間ニューヨークの地下鉄の通路を歩いていたところ、後ろからきた男から顔面を殴られ気を失ってしまい、その間にバッグを盗まれたことがあったというのだ。とにかくニューヨークは犯罪の都市であるということだ。日本人だと尚更目を付けられやすいと肝に銘じるべきである。

ニューヨーク滞在期間中、身をもって経験しゾッとしたことがあった。変な好奇心から手を出さなくて本当に良かったと今では心底思っていることである。それは昼間の明るい時間帯に5番街を歩いていた時のこと、またもや若い黒人から声を掛けられた。買わないかと見せられたものは白い粉であった。

ニューヨーク5番街

踏みにじられる信者の信仰心

宗教の自由は認められている。誰しも人の自由を侵害することはできない。国際社会においては、特に旅行先の国の宗教の基本的な知識をもたず、自分勝手に自由奔放に振る舞うことで時として思わぬ悲劇に発展することもあるので気を付けなければならない。

パスポートさえあれば、日本人は通路故障なく、必要な保護扶助が得られると思っているのは少し認識不足であるといえるのではないだろうか。内政不安、貧困などから外国人がターゲットになり、日本人の平和ボケもあって、治安に関する認識のなさから犯罪に巻き込まれることもあり得るのである。

発展途上国などでは、アニミズムによる神を崇拝する地域には聖域という人が侵してはならない領域が存在する。うかつに入り込んでしまうと捕らわれたり、殺されるケースも起こっている。

先進国における聖域といえば、それは教会内に限定される。由緒ある伝統の文化財である建造物という指定があったり、観光名所としての側面もあるが、そこは祈りの場所であることをよく考えなければならない。

実は無宗教である私はパリ滞在当初に初めてノートルダム寺院に入った時、明るい屋外から暗い寺院内に入った瞬間に、突然後ろの外国人観光客らしき男性から帽子を荒っぽく脱がされ、厳しい表情で私の手に帽子を押し付けられた。常識に欠ける東洋人と思われたことだろう。うかつであった。そこは外界から遮断された異次元の空間なのである。

世界屈指の観光都市であるパリ、それも世界的に有名な寺院であり、多くの観光客がひっきりなしに訪ねてくる場所である。老若男女、世界から言語、宗教、習慣の異なる人々が集まってくる場所である。

しかし、そこが寺院であることを忘れてはいけない。厳粛な雰囲気の中、敬虔なクリスチャン、カトリックの人々がミサに与ったり、隅で真剣に祈りを捧げたり、または告解をしている信者もいるのである。なにも地元の人だけに開かれているのではなく、人種を超え、国を超え、観光客で言語の違う信者にも広く門戸を開放し、祈りの場を提供しているのである。

無神経な行動をとるのは無宗教の観光客、他宗教の観光客でいずれも一般常識に欠ける一部の限られた人達になるのであろうが、その宗教の慣習を知らないばかりに神への冒涜ともとられかねない行動をしてしまうのである。

細かなことに拘らない大雑把な人種もいる。恐らく英語圏の人たちだったと思うのだが、夏の観光時期に身なりに無頓着な男女を教会入口前に並ぶ列のなかに見かけたことが何度もあった。ノーブラだったり、タンクトップの脇の大きくカットされたところからは乳房が丸見えであったり、ジーンズをホットパンツとしてカットして、パンツが見え隠れの状態であったり、超がつくほどのミニスカート姿でスリッパ履きだったり、刺青が剝き出しの服装等々、意識の低さに唖然とさせられる。それどころかカップルだと寺院内でキスをしたり、ふざけた笑い声やおしゃべりが教会内に響き渡ったりする。そういった輩は単なる好奇心、旅の思い出のために足を運んでいるに過ぎないのだろう。

見聞を広めるとは、そこから何も感じず、考えずでは意味がない。その騒々しさに祈りを中断され、多くの信者たちは迷惑をこうむっていることに想いが向かないのである。他人の立場や気持ちをないがしろにする行為は許されない。肌の露出を禁じる他宗派からすれば考えられないことだろう。興味本位で覗いてはいけないと言うつもりは全くないが、最低限の節度をもって守らなければならない場所であることだけは知ってほしい。

侵害する者がいて、侵害される者がいる。侵害される側の権利が保護されなければ争いが起きてしまう。一応の知識はあるが無宗教である私ですら怒りを感じる。もっと入場規制をし、教会運営維持のため入場料を取るなど対策を講じるべきだと思うのだが、そこまでの縛りを作ると宗教の自由を侵すことにもなりかねない。他人が自分の家に無断で入ってきて、好き勝手なふるまいをして出ていくのである。こんな理不尽なことが許されるだろうか。その家とは神の家なのである。

文化の乖離している異次元の世界にいる者同士であれば、その違いを認め、それぞれが相手の立場を最低限尊重する立場に立たなければ、価値観の違いを超えて互いの文化を理解し共存していくことは難しい。

　フランス南西のラ・ロシェルに住んでいた時、司教に対し、ムッシューと呼ぶ教会の管理人がいた。本人曰く、自分は無宗教であり、モンセニュール（高位の聖職者に対する敬称、猊下の意）と呼ばなければいけない義務はないと平然と語っていた。もう時代は変わり、フランスとて多くの国民は日曜のミサのために教会へ行くことはない。国教がカトリックといっても無宗教がはびこっているのである。教会に奉仕する気持ちからその仕事に従事する人もいれば、あくまでも生活のために働く教会管理人もいるのである。教会側も今では選択の余地がないのが現状なのだ。

　社会通念はもとより、時代とともに人の考えや価値観は変遷すれど、よそ様の世界にお邪魔させてもらう以上、そこの規則を守らなければならないことは自明の理である。

パリ・ノートルダム寺院

我が家にデカがやってきた

パリのサクレクール寺院の目の前のアパートに居を構え、フランスでの生活も8年が過ぎたころ、心の隙を突かれる事件が起こった。

玄関のチャイムが鳴り、覗き窓を開けるとドアの前に2人の男性が立っていた。ドアを開けるとスーツ姿の男性とがっちりしたジーパンに革ジャン姿の男性で、ポケットから取り出して見せたものは警察バッジだった。日本のような警察手帳ではないが、本物のデカが我が家に来たのだ。しかし、実はこの訪問には納得させられた。

というのも実は税金徴収の督促状が届いていたのだ。予告されていたことであったが、まさか実際に来るとは思いもしなかったことである。予告日に在宅していなければ法的に罰せられるとの脅し文句があったので、一応自宅にいたところ、本当にデカが家に来たのである。刑事ドラマに出てくるような出で立ちである。

刑事同伴による税務署職員の訪問には、さすがに参った。

外国生活ながら、私は室内では日本同様に素足を習慣としていたので、ズカズカと土足で上がってきたデカに、靴を脱ぐように頼むと、支払いをすれば即引き揚げると言って、室内に入り込み、革ジャンの中の拳銃に右手を差し込む仕草をして、身構えている。「さぁ払え」と言ってきた。代わって税務署の人間が法的なことを語っていた。私の言い分は聞かない、まずは払った後に異議申し立ての手続きを踏めという。

もう逃げられないので仕方なく、即座に小切手を切って渡した。

何故、督促状が来るほどに支払わなかったかというのは、私の甘い考えであったのだが、それは外国人にまで厳しい税金の徴収をすることに対する反抗からであり、いつかは日本へ帰国するのだからという考えを持っていたのも確かだ。日本にもこのような考えの外国人はいることだろう。日本人として私のとった行為は恥ずかしい限りである。

小切手を切った後、デカが室内を見回し、室内のイーゼルに掛けてある描きかけの裸婦の絵をみて、

「モデルはいるのか。今度ポーズをとりに来るときは呼んでくれ。興味深いな」

とほざいて帰っていった。

映画のアクションスターの出で立ちであったが、にやけたフランス男のユーモアなのだろうか。

私が日本へ一時帰国したときのことである。11年ぶりに帰ってきた日本で交番を訪ねた時の

警官の対応に怒りを覚えたことがある。

飛行機の時間の遅れで、夜遅くに日本へ到着してしまった。予定より遅く到着したため、空港での両替をつい忘れて都心へと急いだのだ。夜も遅く急いで今夜の寝床を探さねばという思いからしくじってしまった。持ち金は少額の日本円しかなく、あとはフランスフランであったため困惑してしまった。


パリでも銀行は当然しまっている時間だが、夜遅くまで両替所は営業している。普段からそういった光景を見慣れていると、観光都市である東京なら両替所は都内にもあるだろうと思い、交番に尋ねに行ったのである。それが甘かった。


対応したのは若い警官であった。

「日本は久しぶりでよく分からないんですが、この時間に両替できるところはありますか」

藁をもつかむ思いで尋ねたところ、

「ここは警察ですよ。そんなことここで分かるわけないでしょ！」

何とも横柄な態度で食いついてきた。警察官の制服を着ていても中身はすぐ切れる最近の若者といった感じである。

「困っているから尋ねているんです。ここは警察でしょ！　何ですかその言い方は」

「なんだ、あんたは」

と、応戦してきたのには呆れた。

実に不愉快であった。

後日、他の交番でこの件の苦情を訴えたら、中年の警察官が申し訳なさそうに、

「まだ経験の浅い若い警官は余裕さえない状態で、もっと良い対応の仕方もあったでしょうが、勘弁してやってください」

大人げないのはむしろ私の方かもしれない。食事するお金もない状態で頭に血が上ってしまったのであった。

国が違えば事情は変わるが、警官の違いもしかりである。

話を元に戻そう。

外国に住むうえでの最低限の義務は果たさなければいけないということである。

フランスに滞在する上での外国人の義務

3カ月以内の滞在であれば観光ビザという名目でビザの申請は不要であるが、長期滞在であればビザが必要になる。私の場合、大学入学証明書と滞在費として一定の金額をフランスの銀行に入金したという証明書を提出することでビザを取得した。

フランス入国1週間以内に滞在地の警察に出向き、滞在許可証の申請をしなければいけない。毎年更新して10年を迎えると、10年カードといって今後10年間は更新が免除される。しかし、その間、税金や社会保障の保険料を支払っていたという証明書の提出が義務づけられる。

身分が学生の場合はフランス人同様に労働に就くことが許可されるが、身分がアーティストの場合、芸術活動以外の労働で収入を得ることはできない。

労働許可書を最初から得られるのは、税金の支払いが義務づけられる事業主だけのようだ。

・フランスの社会保障制度を受けるのは義務化されている。

人種差別

人を差別する理由として実に卑劣なことに肌の色、宗教、人種、思想、学歴、職業、収入、身体、身なり、髪の毛の色などが挙げられよう。そのようなことで相手を排除しようとする行為は決して許されることではない。

日本は国際的にも先進国で通っているし、メイド・イン・ジャパンの品質の高さが評価されていることからも、外国で日本人が理不尽な差別を受けることはないと私は思っていた。しかし、まさか私がその仕打ちに遭うとは夢にも思ってはいなかった。

とりわけ子供や知識のない者から、たまに心無い言葉を浴びせられるのは実に心外であったが、教育を受けていないことは実に悲しいことである。しかし、教養のある者にさえ、根深い差別意識はあるのである。

それでは日本人にはどのような差別が向けられるのだろうか。

まず欧米人から見て、東洋人の中で国籍の区別はつかない。日本人か韓国人か、ベトナム人か中国人かの違いは同じアジア人であれば何となく判別はつくものだが、欧米人が顔などを見て東洋人の国籍を判別するのが難しいのは当たり前と言える。我々が欧米人を判別するのがなかなか難しいのと同様のことである。

近年、中国人の世界進出が著しいため、どこにでも中国人はいる。従来から言われていた理由の一つは中華料理が受け入れられているためで、どんな街でも中国レストランは繁盛し、中国人は雑草のごとく生きていけるのである。それ故に東洋人は全て中国人に見られてしまうようだ。

通りで子供からシノワ（中国人）とよく呼ばれる。欧米人の一部の者は中国人を蔑視し、国籍を言っているわけではなく、蔑視用語としてシノワという言葉を使っている者もいるような気がする。

なにも私は中国人や他国民に見られることに憤慨しているのではなく、個としての人格が尊重されないことに不満を感じるのだ。それは日本人だからということで先入観から人となりを一括りに決めつけられることを不快に感じるのと同じ気持ちなのだ。どんなに日本人のイメージが良くてもである。

TGV内での言動
ユーレイルパス1等乗車券を使って

日本に一時帰国した折、ユーレイルパスを購入して、フランスへ戻ってきた時のことである。

ユーレイルパスとはヨーロッパ人以外の特権で、ヨーロッパを旅行する際の色々な特典がある鉄道乗車券のことである。計画的な旅行を組めばかなりお得である。

私のフランス滞在期間中の居住地は、ナンシー（ロレーヌ地方）、パリ、ルーアン（ノルマンディー地方）、ラ・ロシェル（シャラント・マリティーヌ地方）の4カ所以外に資料収集のため、フランス国内を汽車を利用して廻る機会は多かったし、ラ・ロシェルを起点にパリとボルドーに行くことは特に多かった。

ユーレイルパスを初めて購入し、これまで乗ったことのなかった1等車に乗れるパスだったので期待に胸を膨らませた。フランスの新幹線ともいわれる高速鉄道であるTGVの1等車は日本でいうグリーン車というところであろうか。その1等車内で起こった実に不愉快な出来事である。

普通、汽車での旅というとコンパートメント、寝台車など4人または6人で利用する部屋が並び、片側に通路があるタイプ、それと一般的な中央に通路があり、左右の座席が2対2もしくは2対1といったタイプがある。

今でも記憶に残る、私が乗り込んだ車両は、通路の左右に2人掛けと一人掛けに分かれていた。私の指定席は一人掛け用の席であった。ところが、一人掛けの列が2人掛けの向きとは違い、逆方向に向いていたのである。要するに2人掛けの列の乗客の面々と顔を向かい合わせる格好になる。厳密に言えば、私の席の前方から右側90度の範囲の席の人たちと対峙していることになる。否が応でも東洋人の私は好奇の目にさらされてしまうのである。通常こういった向かい合うことには窮屈を感じ、なるべく人と目を合わさないようにするものだが、こういった席の配置ではとにかく落ち着けず、くつろげない。車掌に申し出ると2等席へ移ることはできるが、1等車車両があいにく満席状態なので席の変更はできないとのことだった。せっかくの1等車の権利を捨てるのは忍びない。嫌な予感がした。

外国を汽車で旅行した日本人なら感じることだが、コンパートメント内に東洋人がいると多くのヨーロッパ人はそのコンパートメントには入ってこない。東洋人を避ける傾向があるのだ。要するに黄色人種に対する差別意識があるのである。むろん興味をもって近付いてくる人もいるし、当然何の感情も持たず普通に接する人もいる。

1等車に乗っているとなにやら不穏な囁きが気になった。なるべく目を合わせないように下を見ていた私であったが、どうも気になるので顔を上げるとスーツ姿の2人組の一人から目を見開き、穴が空くように私に視線が向けられていたのである。まるで動物園の檻の前で子供が獣の気を引こうとお道化で奇声を発するように、私の注意を引こうとしているのである。隣の同僚らしき男性に、

「ヘイ、見ろよ。あいつを。何故ここにいるんだよ。ヘイ、ヘイ」

「おいよせ。彼は旅行してるんだろ。やめろ」

良識あるその男性から制止されているのである。やり取りはハッキリ聞き取れた。出張中の

サラリーマン風であり、とてもその身なりからは分別のない行動をとる人間には見えない。周りが静かな分、彼の言葉で他の乗客も否応なく、私に一瞥を投げかけるが、幸いそれ以上私の存在にこだわる人はいなかった。その点良識のある人たちでホッとした。私を見世物のように嘲笑っていた彼に対して、私はただ無視し、我慢するしかなかったのである。

私の身なりはリュックにジーパンにズックという確かに1等車に乗る出で立ちではなかったかもしれない。しかしラフな恰好ではあっても汚れていて周りに迷惑をかける服装ではない。1等車に乗る東洋人が不快でしょうがなかったのか。それとも身分をわきまえろ、ちゃんと金を払っているのかと見下していたのか。色々な国籍の混在するフランスで東洋人が珍しいということはまずない。ただ一台の車両に東洋人が一人いると目立つのは明らかである。そのうち平静が保たれたので助かったという思いだけ

TGV内の座席配列

であった。

乗り合わせた良識あるフランス人たちは、このことをどう捉えたのか聞いてみたかったが、後日友人のフランス人に話すと、フランスはcon《コン》（ばか者）ばかりなんだと、人種差別のあるフランスでの私の生活を気遣ってくれた。

なかでもフランス人の女の子と食事に行って、私が注文した料理の皿が冷えていたことに、こういうことは時々あることだからと諦め顔の私を憐れんでか、彼女は給仕人にムキになって執拗に温め直すように文句を言ってくれていた時のことが懐かしく思い出される。

フランス人は取っ付きにくく、冷たい感じだが、なかには親日家もいるし、誠意をもって接すれば、とことん親しくなれ、親切だ。私が長くフランスに滞在できた理由はそういう友人に恵まれたことが挙げられ、色々な助言には感謝している。

日本人女性の恥じらい

免税店で見た日本人観光客の実態

今でも日本人女性のブランド品の嗜好は続いているのだろうか。

私が勤めていた免税店の近くに、シャネルの店舗があった。毎日開店前には多くの日本人がお目当てのバッグを買うために我れ先にと順番を競って列に並ぶのである。自分の、または人からの頼まれた買い物だったり、あるいは業者が人を使っての買い占めだったりである。

シャネル、エルメスやルイ・ヴィトンだったり、日本人はお金持ちである。フランスに限らず世界の富裕層が身につける装飾品、バッグ類を日本の若い女性や田舎のおばちゃんたちが買いあさる光景は、まるでバーゲンセールのように商品を奪い合う日本人の品性のなさを露呈していて、実に見苦しい限りである。脇で店員同士が見つめ合い呆れた顔をしているのだ。身のほど知らずで、品格のなさを世界に晒していることに気付かないらしい。

御本人に釣り合わないブランド品を買いあさることは自由だが、節度を持ってほしいものだ。日本人として恥ずかしいと言ったら言い過ぎだろうか。

現実的にも生活に余裕がないにもかかわらず、シャネルに依存している多くの若い女性は、まるで高級スポーツカーを買って、カップ麺ばっかりすすっている若者たちのようである。日本人は自分への投資でスキルなどを磨くというより、見た目にこだわり、高級品を身につけると自分も立派になったかのような錯覚をしているのではないか。結構なことだと思う。何も人に迷惑を掛けてはいないのだから。そのギャップを縮めていくよう自分を高めていけばいいことである。人によっては新調したばかりの洋服が徐々に体形にマッチして馴染んでいくように、違和感がなく似合っていく人もいる。しかしこの例は努力を伴わないのでまったく的外れであることは言うに及ばぬことである。

だが人が身に着けている高級品を自分も身に着けたいとは実に個性がない。既製品とはそういうものかもしれないが、自分も身につけ安心感を買うということなのか、いや感覚が麻痺しているのだと思う。確かに有名なブランドのものであれば物はしっかりしていて、その金額に見合うものかもしれないが、身につける人はどうなのか、目を覚ましたらと言いたい。

高級品を日本人同士で取り合う光景を一歩引いて客観的にみれば、おのずと気付かされるはずである。自分もこういうふうにみられているのかと。身につける物によって個性が出るのではなく、ブレのない自分の考えや生き方で個性が出ることを知るべきである。

さて販売員をしていた頃、若い20代の日本人女性が血相を変えて店に入ってきた。当時私が働いていた店には日本人は私しかおらず、周りはブラジル人、コロンビア人、メキシコ人、チリ人、台湾人、韓国人、当然他はフランス人なわけで、日本人の私を見つけ懇願するように窮状を話し出した。額に汗をかいて、紅潮し、苦しそうに何だか下半身をもぞもぞしているのだ。

彼女曰く、「実は日本から多めに持ってきたんですけど……使い切って……量が多いもんで……薬局の場所はわかったんですけど……生理用品のことを何というんですか？」

モジモジした彼女が話している途中ですぐにピンと感じ取ったが、さすがに驚いた。初めて会う人にぶしつけにも、それも男性の私に向かってこういう質問をするとは、よっぽど切羽詰まっていたのだろうか。

団体ツアーであれば頼れる日本人女性が周りにいて、色々相談し頼ることもできるだろうが、単身での旅行であれば、恥も外聞もなく日本人であれば誰でもという気持ちになったのだろうか。一人旅なら尚更のこと、外国では頼れるのは自分だけだというちゃんとした認識を持って、想定される全てのことを考慮し準備万端、覚悟をもって、特に女性であれば用心にも用心を重ね、大和撫子としての奥ゆかしさ、恥じらいをも忘れないでほしいものだ。

あまりの軽率さに旅の恥は掻き捨てということか、困ったときは藁をもつかむ気持ちは分かるが、残念であり呆れてしまった。

外国旅行する際は、最悪の事態を考えて、せめてコンパクトサイズの辞書か会話集を携行することは鉄則であることを特に一人旅の人には伝えたい。

外国でトラブル回避に必要なことは、まず安心、安全のための十分なお金であることは言うまでもない。そして語学力だが、それは辞書を活用するしかないのだ。

女性特有のデリケートな問題は、女性であれば、まず一番に押さえておかなければいけないことなのではないか。

女性に恥をかかせないよう、さらりと対応したつもりだったが、一応用語を教えてやったら、そそくさと「あ、どうも」と言って足早に薬局へ向かったようである。あまりの反応の軽さに正直あっけにとられてしまった。さすがに気になって立ち去って行った彼女の足元の地面に意地悪ではないが、どうしても目を落としてしまうのであった。

辞書のことで思い出したが、多言語変換機能のあるコンパクトサイズの電子翻訳機が当時、旅行者にとっては重宝されていたようだ。どれほどの精度なのかは使用したことがないので知る由もないが、某日、その翻訳機のことで若い女性から店に朝の開店早々、電話が掛かってきたことがあった。

うちのお客様ではなく、前日に隣のポロシャツで有名なラコステの店で買い物をしたらしく、翻訳機を置き忘れたことに気付き、舞い戻ったときには私の店同様、既に閉店しており、ウィンドー越しにカウンター上に置かれてある翻訳機を確認したという。今日帰国するので時間的に店には行けない、隣の店に私が店員として働いているのを見かけたことから電話をしたというのだ。電話番号はガイドブックで見つけたのだろう。

私はその人を知らない、顔すら見たこともないのだ。何の関わりもなく、ただ日本人で日本語が通じるからという理由で2人が結びついたにすぎない。よその店で置き忘れた物について、それも電話一本で日本に送ってくださいと不躾に依頼してきたのである。

「とても高価で自分にとっては大切なものだから、壊れないよう十分に梱包してほしい」と、自分のことしか考えられない人で自分の事情で懇願している訳だが、むしろ私が隣の店から誤解され、受け取れるかも分からないのだ。それでも、お願いできる人が私以外にいないからとの一点張りで、送料は払いますからと慌ただしく、もう時間がないからと言ってまくし立てられ、名前と住所を仕方なく書き留めると、一方的に電話は切れた。こちらが好意で依頼を受けても結果がどうなるか分からない不安よりも、ただあっけにとられてしまった。

幸い、隣の店員とは接する機会も多かったことから私を信じてもらい翻訳機を受け取ることができ、2枚の薄い板に挟んで日本へ発送した。昔のことでうろ覚えだが、別便の絵葉書で発送したことを通知したと思う。当然送料は請求した。ところがその後、全く連絡はなかったのである。

まさに旅の恥は掻き捨てなのだ。会ったこともない縁もゆかりもない私に依頼を押し付け、責任を持たせ、送料を払わせ、感謝もせず、返事すら寄こさない。海外で何の因果関係もない者と接点を持っても、帰国した後は接触はなくなるからと無法地帯のように、倫理観もなく何をやっても構わない、どうせツケが自分に回ってくることはないのだから、と世の中を馬鹿にし、高を括っている部分があるのだろうと思う。裏切られる悔しさ、騙されて人が信じられない世の中になっていくのが怖い。

万が一、何らかの郵便事情で届かなかったとか、届いたものの壊れていた、中身を抜きとられていたということがあったとしたら、私の親切心は水泡に帰すどころか、むしろ私が着服したのだと疑われてはいないのか、恨まれてはいないのかと考えてしまう。

実に割の合わない、安請け合いをしたものだと反省した。引っ掻き回されることになった原因は、相手は日本人、同胞だからと信じ、助けなければと思った私にあるのだ。そこで私の行為を後悔してはいけないことは重々分かっているが、人間ができていないので釈然としないでいる。

宗教にみる奇跡

宗教には奇跡がつきものである。古今東西の宗教で見られる現象で、とりわけカトリックには多くの奇跡が伝えられている。奇跡が起こった場所は祈りの対象であるマリアに纏わることから、信仰者は聖地巡礼することが人生の夢となるのである。

その中でも特筆すべきはフランス南部の村、ルルドで起こった奇跡である。このピレネー山脈のふもとにある小さな村で起こった奇跡は世界から注目され、今日に至るまで連日押し寄せる巡礼者によって祈りが捧げられている。

14歳のベルナデット・スビルーの証言

1858年、貧しい家庭に育ったベルナデットは妹たちと薪拾いに出かけ、洞窟に一人取り残された際にマリアが出現し、それから数日間にわたってマリアからの教示を受けるのである。

《マリアの依頼》

洞窟の上に教会を建ててほしい。

多くの人々の列が途絶えることなく、私に祈りを捧げに来てほしい。

足元を掘りなさいと言われ、手で掘ると泉がわいた。その水で身体を清めるように言われる。

それを奇跡の水と呼ぶ。

村の司祭に伝えに行くと最初は聞き入れられなかったが、幼く、そして教育を受けていない娘が発した言葉に驚いた。

「無原罪の宿り」宗教関係者でも高位の聖職者でなければ知らないマリアを指す言葉を使ったことで、マリアの出現に信憑性が高まることになる。

洞窟の中にマリアが出現したことが瞬く間に世間に知れ渡っていった。

現在、洞窟の上には立派な聖堂が建ち、連日、朝から夜まで巡礼者の列は絶えることがない。マリアの願いは果たされているのである。毎日世界から多くの信者及び車椅子の障がい、不治の病に苦しむ患者が集まってくるのだ。他に例を見ない信者が巡礼で訪れることを夢見る聖地であり、信仰の力は認めざるを得ない。

松葉杖が不要になり、歩けるようになった人が実際に多くいるという。洞窟の入り口の上には不要になった松葉杖が何本も吊り下げられてあった。

私はカトリック信者の友人からルルドの奇跡の話を聞き、興味本位で三度この地を訪れた。宗教に興味を持つようになった発端がルルドの奇跡なのである。実際に真剣に祈っている人の姿やこの地を踏むことに歓喜している姿を見ていて、この独特な空間の中に身を置くと自分の人生に虚無感を抱いてしまうものの、どんなに宗教を信じていなくても心が洗われる思いになるのである。

宗教に興味を持つことになる動機は人それぞれであろう。こういった奇跡を信じ、入信する人もいることだろう。その奇跡が組織の意図するところであって、全く疑わず、宗教にのめり込むとしても、「信じる者は救われる」の言葉通りに奇跡を生むことがあることを知った。それも宗教の力なのだと思う。障がいを負って絶望の淵に立たされ、色々なことに苦悩し、這い上がれず、不幸から抜け出せない人たちに、救いの手を与えられる手段こそが宗教であると思う。

ルルドで有名なのが水である。マリアが指し示した地面を掘り出したら泉がわきだしたというその水である。興味本位の人の目当ては水なのである。水自体は無料だが郵送の手配も行っている。

世界のあらゆるところから、フランスの辺鄙な田舎で交通手段もない不便な場所へ苦労して、ましてや身体の不自由な身障者にとっては大変な思いをしながらも、一つの試練を課しながらも、この地に辿り着く喜びが与えられるのである。神が人生に試練を与える意味がそこにあるのだが、今では交通の便もよくなり、宿泊設備も整い観光地化され、お土産屋さんも多くできていることは仕方のないことなのかもしれない。

これを奇跡と捉えるか、宗教へ引き込む勧誘のための一つの手段と捉えるかは人の自由である。実際信じるが故に救われた人が多くいることも事実である。

昔、山口百恵が毎朝この水で顔を洗っているため、きれいになるという噂に火が付いたことがある。信仰心のないところで、このルルドの水だけが注目されていくのは本末転倒と言うしかない。

ルルド　マリア出現の洞窟

人類が皆兄弟になる理想

「人類は皆兄弟である」という言葉はきれいごとにすぎない。言うのは簡単だが海外を見てきた身からすれば、生まれ育った環境による影響でその人の考えが形成されていくのであり、家族を戦争で失い、戦火を逃れ生きていくことに必死の人にこの言葉がすんなりと受け入れられるわけがない。どんなに環境が変わっても、考えが変わったり、過去の苦しみが忘れられることはないだろうから、そういった意識を持つことは残念ながら不可能だと言える。

地球上の全人類にとって、そういった意識があれば戦争などおこるはずがない。現実に有史以来、戦争は絶えることもなく、繰り返されているではないか。平和の時は通史的には一時、一瞬に過ぎないのである。それだけに人類は進歩していないことを意味する。

人は自分中心の考えを相手に押し付け、自分の利益をはかり、そこで諍いが生まれる。

戦争は自国第一主義で国の為政者もしくは政府の方針が交渉国と折り合わない場合に生じるが、そのため国民による民意よりも国の体面を重んじ政治力が働くのである。しかし、相手国の民意も同様に平和的解決を望まない国民はいないのだから、戦争回避の道が模索されるべきであるにもかかわらず、いつの時代も翻弄されるのは国民ばかりである。

そこで疑問に思うのが、冒頭にあげた「人類は皆兄弟である」である。平和に向けたスローガンなのかもしれないが、あまりにも現実離れしていて不毛なスローガンであるといえる。

世界にはどれだけの人種がいるのだろうか。その分類は国の数ではなく、宗教、生活様式、教育水準、生活レベルで分類するほうが、考え方の違いを判別しやすいのではないかと思う。

フランスに滞在して思ったことは、フランス、特にパリだが世界のほとんどの民族が何らかの理由で集まってきている国際都市であるということ。それと同時に生まれ育った環境の違い、そこには戦争のため亡命してきて肩身の狭い思いをしている人々もいれば、先進国からの留学という恵まれた環境を享受している人たちもいて、大きな違いがあるわけである。憧れの花の都といっても法治国家の法律下で、異民族がうごめきながら生活をしているのである。抑制され、不自由さがあったり、逆に自由で開放的と捉える民族もいるはずである。非常に不思議であり、いつ異国民同士、異民族同士が暴発してもおかしくないので怖い気持ちになる。実際にはすでに地域地域で争いは起きているのだ。フランス人ですら立ち入ることが危険な地域は存在する。

ここに同性、同年齢、同じような体格の異民族の2人がいるとしよう。一人は先進国、もう一人は途上国で全く違った環境の下で生きてきたとしたら、はたして友人になれるだろうか。子供の時から同じ環境に身をおいていれば別であるが、既に成人し、母国において形成された考え、生活習慣、染まっている宗教を払いのけることができない年齢であれば、共に生活していくことは難しいだろう。「人類は皆兄弟である」という意識をお互いがもっていたとしても、現実的に交流は不可能だ。

なぜなら両者間の決定的な違いとして、教育が挙げられる。教育を授かった者と全く学校に行けなかった者が友人になれるだろうか。例えば、シンデレラの物語はありえないことだ。素晴らしい環境で贅沢な生活を送り、高度の教育を受けて育った王子様と、母親や姉たちから意地悪を受けて使用人扱いされ、教育も受けさせてもらえなかった娘とが何故魅かれ合うのか、何を話題に語り合うのか、共通の趣味や関心事があるといえるのか。片や国の繁栄を想い、もう片方は困窮する生活から抜け出すことだけを想っていて、視点が相交わることはない。火を見るより明らかである。だからこそ夢物語なのである。シンデレラの意味は「灰を被った」という意味であり、灰皿はそこからの派生語である。シンデレラの灰色に対して王子様はさしずめ金ぴかの黄金色であろう。それくらい両者には天と地ほどの開きがあるというのが現実なのだ。

今の日本においてさえ、格差があるのは事実である。教育レベルが高いと言われる日本にも収入や生活レベルの違いであったり、職業偏見などがある。先進国と発展途上国の人々のレベルの差異はなおさら歴然としているのだ。

昔、パリで私が通院していた歯医者さんの話である。夫婦そろってフランス人から食事に招待されたときのことだという。いろいろな招待客がいる中にイラン人の奥さんは、ひと際目立つ存在であった。しかし生活環境を考えれば、外国人が交じっているのはむしろ自然なことであり、私も経験してきたことである。ところが、食事が始まった時に、フォークとナイフを使う奥さんに対して、手でじかに食べ物をつままないのかと驚かれ尋ねられたという。東洋人には箸を使う習慣があることは誰もが知るところであり、フォークとナイフで大丈夫か心配されることもあるが、この場合すこし意味が違う気がする。フランスに長く住み、教養もあり、文化人であり、夫はフランス人歯科医である。イランの伝統料理を食べているのではなく、フランス料理を皆がナイフとフォークで食べているなかで、手を使って食べないことを訝ること自体、非礼極まりない。数人で囲むテーブルでの食事の席で実に差別的な発言である。歯科医は外国人である私に、それとなくフランスの人種偏見の根深さを伝えたかったのだろう。先入観で物事を決めつけることも相手を傷つける原因になるのだ。

ところで世界情勢に目をやると、ドイツの難民受け入れ制限やアメリカの受け入れ拒否は日本人にはまだピンとこないことだと思う。しかし、今後、日本で人手不足からくる外国人の受け入れに伴い、諸々の人種間でのトラブルが起こることは目に見えている。ただでさえ在日韓国人や中国人との問題がある日本であることを忘れてはいけない。これから少子化が進むにつれ、日本の人口で日本人の占める割合がどんどん減っていき、周りに外国人を見る機会がぐんと増え、外国人同士の共通の言語が日本語になるのである。国際結婚で純粋な日本人が減少し、日本が日本でなくなっていくのだ。日本固有の特性を失っていくそのことを考えると将来の日本を危惧するのは当然である。

それに宗教の違いを身近に感じるようになるだろう。豊かな者は貧しい者に施しをするのは当たり前という考えの人々が、我々の生活圏に入ってくるのだ。生活環境の違いはものの考え方にも影響を及ぼす。人は考えの違いから争いが始まるのだ。

話は変わるが、フランスのアパートの共同トイレ、特にアフリカ人、アラブ人の居住者がいるアパートでよく見かけるギリシャ式トイレは水洗式ではあるが、通常の洋式便器ではなく、和式トイレのように床の穴の両側にある足乗せに両足でまたぎ、そのまま屈んで用を足すやり方である。そこには決まって空き缶が置かれてある。水のタンクのチェーンを引くと水が噴射して汚物を流す方式であるが、すぐにキャビネットから外に出ないと水がかかって大変な目に遭う。

チュニジアに滞在していた時、トイレを見て不思議に思ったことは、一応洋式の便器があるものの、ほとんどのトイレで便座が付いていない。陶器の便器だけであり、トイレットペーパーも設置されていない。大をしようものなら、便器は汚くて中屈みでやるしかない。トイレ内には水道の蛇口があり、やはり空き缶が置かれてあった。最初見た時は何故なのか用途がわからなかったが、理由を知ってからというもの、私は「人類は皆兄弟である」という言葉が胡散臭い言葉に感じられるようになった。まさに言葉のごとく臭いということからである。

実は彼らはトイレットペーパーを使わないのだ。空き缶に水をため、じゃぶじゃぶと排泄物の処理のため肛門を洗い流すのである。左手を使って汚いものに触れることから悪魔の左手と言われる。こういったことを書くこと自体が人種差別と言われるかもしれないが、現実から目をそらさず直視すべきである。

赤道に近い灼熱の国では乾燥するので熱殺菌され、また菌に対する抗体ができているからのようだが、パリは気候的に日照時間がかなり短く、自然に殺菌されるようなことはない。習慣的に消毒し清潔好きな日本人はむしろ菌には弱いと言えるだろう。

発展途上国には石鹸もない。彼らの爪で汚れを掻きとる仕草や唾液をつけ拭きとる仕草をよく見かけたものである。衛生観念の違いから、どうしてもこの国の人々とは生理的にも心理的にも拒絶反応を起こしてしまい、受け入れられないのだ。握手を求められるのが一番嫌だった。水の利用と同じように免疫がないと身体が適応するまで時間を要するように、文化の違いを理解するまでには困難を要するのである。異文化に接した人は不思議で奇妙な感覚に襲われるが、本当に理解し合うためには、お互いの違いをまず知ることが必要である。

やはり人の体臭、便の臭いにはなかなか慣れるものではない。だからといってその国の習慣であるため、安易に批判はできない。発展途上国の人々にとっては、生を享け、生活する環境は選べるものではないのだから。「人類は皆兄弟である」と言える寛容さを持てればそれは素晴らしいことだ。

渡仏前に見た黒柳徹子の歌番組のなかで、顔を黒塗りにしていた男性コーラスのシャネルズに対して、中継先のある少年が「シャネルズって、なんで黒人のくせに香水の名前をつけてるんですか？」という差別的な質問をしたことに対し、司会者である彼女は涙ながらに子供心に配慮しながらも差別行為を批判した。

それは全く真っ当なことであり、ユニセフ親善大使として多くの難民キャンプを見てきて現状を知っている人の言葉であるがゆえに感動した。本来、現状を見てしまうと、どうしてもそういった人々とは相いれない感情が起こり、それを理性で払いのけることは難しいこともあるのだ。悲惨な生活を送っている人々に対して、可哀そうと誰もが思うことだが、そこから一歩踏み込んで何かをしようという行動力はなかなか持てるものではないからだ。

自分が彼らの境遇に置かれたら当然救済を強く求めるはずである。しかし、自分は決して当事者にはならない、どうしても他人事だと思ってしまうから冷めた目で見がちになるのである。ユニセフの支援を求める宣伝で、痩せこけた子供の虚ろ気な目に複雑な気持ちになるのは私だけではないだろう。

免税店で働いていた時、時々オ・ド・トワレを買いに来る黒人の紳士がいた。身だしなみも立派な紳士である。恐らく教養もあり立派な職業についているのだろう。あくまで私の推測だが、自分の体臭を自覚し、エチケットとして身につけているのだと思った。これまでに心無い言葉を投げかけられたかもしれない。そのため人が去っていったかもしれない。ヨーロッパの社会で生きていくため、文化人としてのステータスとして、経験から得た知恵であるかもしれない。そもそもフランス人さえあまり風呂に入らないので体臭はきつい。それゆえに香水が発達してきたのだ。教育により衛生面に目が向き、自己を知り、相手を思う気持ちが、「人類は皆兄弟である」という意識の輪を広げていくための必要条件であろう。人との差異を縮めようと一生懸命にその地の習慣に馴染む努力をする姿勢に対して、寛容に見守る気持ちも必要である。

ラ・ロシェルの思い出

銀座の画廊のオーナーからの援助のおかげで、念願のラ・ロシェルでの滞在が叶うことになった。ウィリアム・ブグローの研究をするうえで、欠かせない彼の生誕の地での資料収集のためである。

この地でのウィリアム・ブグローの調査が資金不足から実現できずにいたからである。以前一度だけこの地を訪ねたことはあったが、肝心のブグローの作品が美術館に全く飾られておらず、この地が生んだフランス19世紀後期美術界の重鎮であったブグローの作品の扱われ方や知名度の低さに驚かされたものである。

この地に腰を据えなければ資料収集はできないと思い、再訪の機会を狙っていた次第である。画廊のオーナーには感謝してもしきれない気持ちである。

ラ・ロシェルはフランス南西に位置する港町である。船が大西洋から港の玄関口へ入るには二つの塔の間を抜けて入港することになる。この二つの塔がこの街の象徴的建造物なのだ。現在は港には漁船ではなく、ヨットが多く停泊していて、ヨットハーバーと化し近郊にも大きなヨットハーバーがある。青い空と青い海に映えるヨットの白い帆がこの街のイメージであり、バカンス時には多くのバカンス客で賑わう。特産品が牡蠣で海鮮料理を振る舞うレストランが港の周辺に集中してある。レストランのテラスでヨットハーバーを見ながら食事を楽しむ観光客の姿を見かける夏こそ、活気づき魅力ある街になる。

この地名だけは日本でもよく知られているが、料理の鉄人、坂井宏行氏がこの地を訪ねた際、港町の雰囲気が気に入り、ご自身のレストラン名にしたそうである。

フランスの地方都市で住居を定め長期滞在するのはルーアンに次いで2番目の街になる。ラ・ロシェルの街と市民から好意的に受け入れられ、怖いくらいに順調なスタートが切れたことは幸いした。やはりパリと地方の違いを実感した。

美術館の展示作品が入れ替わっていて数点のブグロー作品が展示されてあった。模写依頼が許可されてからは美術館内で特別待遇を受け、2点の模写や写真撮影など、自由にやらせていただいた。

またカテドラル内にある大作は司祭の許可をもらい模写を続けていたが、冬のカテドラルの中は凍えるほどの寒さであることから病気をし、大画面ゆえに完成に時間がかかることもあって、チャペルの鉄門の鍵を8カ月もの長期間借り受け制作に専念させてもらったことが、ブグローの技術を知る実に有意義な時間をもたらせてくれた。

ラ・ロシェルでのブグロー回想記の著者との出会い

１９８４年のパリでの回顧展前にルーブル美術館からブグローの調査依頼を受け、ラ・ロシェルに於ける年代記を初めて著した人で、その記述から概要を掴むことができ、お陰で私のこの街での活動、調査が容易に開始できたと思っている。当時すでに高齢でいらしたが、気さくに受け入れていただいた。ご自宅も立派で庭にはテニスコートがあったのが印象的であった。

資料収集

ブグローは誕生、成長期を経て、この地を出てパリに居を構えるが晩年に至るまで毎年ラ・ロシェルでバカンスを送り、そしてこの地で他界した。絶えず故郷との関わり、拘りをもっていたブグローに関する資料は実に宝の山であった。

ブグローの軌跡を追う

県立古文書館では、地元の地方新聞各紙を生誕年から亡くなった数年先まで全てのページをめくり閲覧し、ブグロー関連の記事をピックアップした。もちろん当時の新聞発行日は現在のように毎日ではなく、不定期から4日毎になり、徐々に発行回数は増えていった。

新聞以外の記録されたものが市立古文書館で発見され、ブグローの生涯における行動が手に取るように把握できた。リュミエール社によって撮影された映画の存在を知り、別の都市での発見に繋がった。これは私の最大の発見となった。

ミッシェル・クレポー市長との出会い

市長はフランソワ・ミッテラン元フランス大統領の親友であり、ミッテラン政権下で大臣職を歴任し、さらに大統領候補になったこともある人物である。長期任期で市長の在任期間の長さはこの街の歴史でもある。

私の展覧会に秘書を伴って来館された時が最初の出会いであった。政治に疎いとはいえ、さすがに緊張のしっぱなしで、顔をまともに見られないぐらいで、言葉も思うように話せない。秘書によると頑強な黒人男性でさえ緊張のあまり泣き出した人がいたとのことである。それぐらいにフランスで権力を持った政治家であった。この小さな街であるラ・ロシェルまでTGV（フランスの新幹線にあたる）を通したのは彼のおかげである。しかし、市民に対しては気さくに声をかけ、日曜の市で買い物をしたり、肉屋に入って肉を買ったりして談笑している姿を見かけるのは別に稀なことではなかったし、市民からは絶大な人気を博していた。そのような市長から昼食の招待を受けたこともあった。

市長からは通りで出会ってもmon petit japonais（日本人に対し愛情を込めた呼び方）と親しみを込めて接してもらった。

親日家の市長でもあり、プランタン銀座（フランスの百貨店の日本支店）の落成式に出席されたという。私の日本帰国後、国会開催中に心臓麻痺で急逝されたのには驚きであった。

ラ・ロシェルを取り巻くこの地域の出身である歴史上の人物の肖像画の注文もいただき、完成披露パーティーをも開催してもらい、メダルを拝受した。これ以上ない最高の時を過ごさせていただき感謝しきれない。

美術館スタッフからの配慮

美術館の受付の職員とは毎日のように顔を合わせていたが、フランス全国にいるブグローの姓を持つ人物のリストを作成してもらった。まだインターネットの普及していない時期にミニテルという電話登録者の電話番号が調べられる機械を使って手書きで氏名、住所、電話番号を割り出してくれた。頼みもしないのにその心遣いが嬉しかった。子供で唯一長らえた長女がブグローの名を残したい故、夫の姓と結びつけ改姓したのだが、幸いブグローの子孫の名もそこに連ねてあり、接触のきっかけになった。

メディアからの注目

新聞、雑誌からのインタビュー、計10回、テレビ出演3回。

それはあくまで中央とは違い、狭く小さい地方都市という枠のなかでの関心事にスポットが与えられたに過ぎず、取材される側にとっては緊張と戸惑いがあった。

ちょっとした地方の名士気分であったが、小学校教諭からの依頼で低学年の児童たちとの交流の機会を求められ、美術館内での展覧会期間中に30人ほどの児童との交流をもった。天使のような子供たちからサインを求められ困惑し、ためらうと泣き出す子がいたため、一人ひとりの名前をカタカナで書いてあげることで喜んでもらえたと勝手に思っている。そのお礼として児童全員の寄せ書きをもらい今でも良い思い出として大切に保管している。

市からの無償提供

アトリエは市庁舎別館の一室を自由に利用させていただいた。

夜間、休日も入館できるように市庁舎別館の入り口を開錠するための暗証コードを教えてもらい、その信頼には感謝しかない。

住居は美術館内の一室、招待アーティスト用住居、文学アカデミー会長宅、教会に隣接する元修道院の一室など転々とした。

ラ・ロシェル市民からの招待

歯科医である市長の友人や大手の魚介専門レストランのオーナーからの招待を受けるも、こちらは無礼講で気が回らなかったことが悔やまれる。

純文学アカデミーからの招待

年に一回、外来アーティストを招待しているということで、何故か私が迎えられたのである。光栄であったが実にうかつであった。普段から緊張するタイプであることから、絶えず出向く先での会話の準備をするのだが、その日は何も考えずに浮かれて出かけて行ったため、高級レストランの大広間で6人掛けの白いテーブルクロスの掛けてある丸テーブルが6〜7台あったであろうか、全会員が正装して椅子がほとんど埋まるほど参加者が多く雰囲気に呑み込まれてしまったのだ。地方都市においてもこういった人々の集いがあるのかと驚いた次第であった。場違いのように私がそこにいて、それもゲストなのである。会長から急に挨拶を促されて頭の中は真っ白になり、知的文化人の集まりの中での挨拶はタジタジで何を言っていたのか赤面もので、穴があったら入りたいくらいであった。会長の顔を潰してしまったことが悔やまれる。会員たちが代わる代わる壇上に上り、ジェスチャーを交えながら詩を詠み、言葉を紡いでいく様はまるで室町時代の多人数で短歌を交互に長く連ねる長連歌のようで、高貴な人たちの間で流行った高尚な趣味を持つ知性の高さに、私は圧倒されっぱなしであった。その独特の雰囲気の場から消え去りたくなったほどで、高級料理の味すら分からず緊張からくる興奮が続いていたことを思い出す。今でも動揺する感情が蘇るほどである。

作品注文

市からの注文で想定外の収入によりフランス滞在期間を延長させることができた。

また市民個人のご自宅の天井画の注文があり、最終的には頓挫したものの有難いお話であった。

今想えば、この地に移り住んだ時期が良かったのかもしれない。

この地で活躍する映像作家との出会いがあったこと。

日本人に興味をもたれたこと。

この地が生んだ忘れられた画家の研究であること。

これまで徹底した調査や模写をする者がいなかったこと。

ウィリアム・ブグローが復権される前であったこと。

そういうことで私の調査も復権に寄与しているとの自負をもつことができた。

図書館、古文書館、教会、司教館などで時間をかけた徹底的な調査ができ、8カ月を要してブグローの家系図を作成した。子孫に出会った際にプレゼントして大変喜ばれた。

幼少期、少年期を過ごした近郊の町を散策し、在籍していた学校の資料を発見したり、人の手に渡っている現存するブグローの別荘を幸いにも訪問することが叶った。

後年インターネットでフランス人の書き込みを偶然にも目にしたのだが、当時のブグローのことを調べていた私に対し、「ジャップがまたも我が国の文化をかっさらおうとしている云々」とあったことには少々残念な思いがした。

調査資料に興味をもって近づいてくる美術関係者

ボルドー市の某美術館の館長が個人でブグローの伝記の出版を目論んでいて、私の資料に目を付け、コンタクトをとってきた。

1984年にパリでブグロー回顧展を企画した世界的に有名な美術評論家のルイーズ・ダージャンクール女史から、その館長は悪名高く、人を利用する人だから、絶対に資料を見せないようにと注意を受けた。友人の映像作家を利用しようとしていたことも分かった。結局、約束の日に現れず、その後も連絡してはこなかった。私の収集した資料などが友人ダミアン・バルトリが大著を手掛ける際の手助けになったことは言うに及ばぬことである。

模写作品を美術館で展示

前述の美術評論家が何とブグローの子孫を伴って私に会いに来てくれたのだ。人生最大の出会いである。ブグロー家との関わりが持てた興奮の瞬間である。夢を見ているようで幸せで充足感に満ち足りた時間を過ごした。

なによりパリではなく、地方都市であったことが自由な調査ができ、期待していた以上の成果が上げられた理由であると満足している。何はともあれ、調査を容易にしたのはこの街の人たちとの出会いがあったお陰であることには疑いようがない。

市長との会食

作品披露パーティーで市長と

ラ・ロシェル美術館企画の展覧会

作家　竹村健一への憧れ

若者にとって、将来こういった人間になりたいという理想的な人物像を抱くようになるのは、18歳の頃からではないだろうか。大学進学か就職かで真摯にこれからの自分の将来を想うときに、理想としてこういった人生を生きたい、こういった人間になりたい、模範としたいと意識する著名人に自分を重ね思い描くのではないだろうか。

色々な人生体験や知識に裏打ちされる大人の風格、落ち着きや寛容さ、人としての度量が目標とする人物像の要素であろう。テレビで活躍している男性俳優などに女性が憧れる共通点は美男子でスタイルがいいところであろうが、そういったアイドルへの表面的な憧れとは全く違うのは当然である。男が男に惚れる、憧れを抱くというのは外見ではない内面の男らしさである。私も年齢を重ねていって、将来こういった人物になりたいと思っていた男性がいた。私の目指す理想像、それが竹村健一であった。

1970年代にテレビのワイドショーのメイン司会者として活躍していた当時のイメージが今でも強く残っている。

当時、既に前頭部の頭髪がほとんど無く額が広いため、わずかにある片側側面の髪を無理に反対側まで引き伸ばして額の寂しさを涙ぐましく苦し紛れに誤魔化している様は『サザエさん』に出てくる波平の五線譜の頭髪程ではないが、時にはその毛が頭皮から浮遊していた。ずんぐりむっくりの体形に黒ぶちのメガネをかけたおじさんである。片手には必ずパイプを持ち、番組本番中であってもパイプの煙をくゆらせながら関西弁丸出しで政治論を語っていた。もっとも私は政治には関心はないが、信念をもって自信を持って、媚びを売らず、堂々と自分の考えを貫く姿勢に大人の男のカッコよさを見た。ブランド品には興味はない、自分のスーツは全部ダイエーのスーツだと言って豪快に笑っていたが、とにかく飾らない、正直さや潔さを感じた。当時の講演依頼がダントツで講演料の額も一番高額であったことを覚えている。

フランス滞在16年で、見て感じた経験は、曲がりなりにも今の私へと成長させたと思う。渡仏前の時期に竹村健一に感化され、意識してテレビで見ていた一番の理由は、彼が海外への留学経験者でエール大学へ留学したからであり、そのことも関係して大いに興味を抱かせた。全く人生経験もない時期にこの人物の国際感覚による一つ一つの言動に胸を高ぶらせて聞いていたことを思い出す。今の私はその時の私ではないことは当然であり、私も曲がりなりにも自分なりの考えをもって生きてきているつもりである。当時目標とすべき人物に直接ではないにしろ、テレビや著書を通して出会えたことには感謝している。

なかでも彼の語学の勉強法がユニークであった。彼は難しい文献を早く読み慣れるためにどうしたかと言うと、エロ小説をよく読んでいたという。ストーリーは単純であり、難しい表現やボキャブラリーもそう多くもない。たとえ分からない形容詞、修飾語があったとしても抜かしてもストーリーとしての流れは読みとれるといった、こういうことも吐露する飾らず開けっぴろげなところも魅力である。早速単純な私はやってみるのだが、ちょっと勝手が違う。動詞も辞書に載っていない言葉が多いのである。なぜならそれらは隠語なので、かえって分からず読むのを断念してしまった。

因みに面白い勉強法として、私がよく読んだ雑誌がある。フランスのおばちゃんたちが地下鉄の電車内で読む『フォトロマン』という、恋愛ものの雑誌なのだが、漫画の一コマ一コマの絵がすべてカラー写真といったものなのである。そのジャンルは決まってイタリアからのものが占めていたが、翻訳ものである。ところがこちらも飽きるのである。男が恋愛ものを読み耽るなど人から変態にみられるのでやめた。

たしか1980年にあった竹村健一の200冊出版記念式典には、名だたる政界の面々が出席していた。大平首相をはじめ現職の政府要人と雑談する姿にも風格があり堂に入っていた。その後、誰かの上梓した書籍について彼の語った言葉が衝撃的で強烈に脳裏に焼き付いた。

「本一冊でも出せる人はやね、自分の人生観、考えをちゃんと持っとる人物やということや。そういった考えさえよう持たんもんは一冊の本すらよう出せんということや。わしはもう200冊だしたがね」

嫌味には全然思わなかった、ただただ豪快ですごい人だと思った。むしろ、かっこいい。私はその時の竹村健一の言葉に自分を自慢する傲慢さや人を見下すような浅ましさなど微塵も感じなかった。そこにはまさに真実があるからである。人としての本懐であり、人は自分の考え、意見をしっかり持ち、言える人物にならなければいけないということを示唆しているからである。

その時に連想したことは、当時画家で版画家の池田満寿夫が『エーゲ海に捧ぐ』で芥川賞を受賞し、監督として同作品を映画化したことから、一分野の殻にこもっているのではなく画家でも、いや画家は自分の表現、考えをキャンバスだけではなく、形式にこだわらず、文字でも表現できなければいけないのだと知らされた。その時が、将来私も一冊の本を出そうと決めた瞬間でもあった。自分の画集は画廊や出版社が出し、自分の考えを語る本は自分で手掛けたいと、ただ漠然とした夢を抱くようになっていた。今までに数冊出版したが、なかなか満足いくものは書けない。表現したい考えに、文章力、知識、経験、創造性が恥ずかしいほど伴っていない。現代を生きる時代の証人として時代を読み取る感性を身につけたいと絶えず思っている。

日本人の精神性

幕末の日本で外国に遅れを感じていた当時の日本人。追いつけ追い越せとやっきになって外国を見たとき、ありとあらゆるものが初めて見たものだから驚愕したのも当然である。

しかし、近代日本の礎を築いた人たちには見識があり、西洋の才は謙虚に吸収するけれども、和魂は決して見失わないという和魂洋才の心があったのである。

明治は模倣の時代とはいっても、外国文化のすばらしいもの、優れているものの中から特に日本にとって必要なもの、日本人の国民性、慣習にあったものを取り入れたり、また法整備のためフランスの法学者ボアソナードを呼んだり、一度受け入れたものでも切り替えたりなどした。それを日本化していったのである。そのことが重要なのである。

補足として、ちょっと話が飛んでしまいそうだが、テレビですし職人になる短期養成学校を紹介していた。授業2日目から握りをやらせるということに対して、ベテランのすし職人は、「自分たちは5〜6年は握らせてもらえず、最初は便所掃除から始まったものだ」と驚いていた。その学校の講師は「無駄を徹底して省き、早くから握らせなければ上達しない」と答えていた。全てがマニュアル化され、なんと1カ月後には店を開けられるようになるとのこと。

文化というものは、その国の歴史・伝統の上に、人の知的思考や行動様式を伴って生まれてくるものであり、ひとつの要素を抜き出し、技術面だけに特化した合理性だけを追求した指導で、形になりさえすればいいという考えでは日本人としての感性は磨かれてはいかないと思う。先人の永い道のりを、ひと通りたどり直そうともしないで、どうして、より洗練された技術が習得されるだろうか。

19世紀半ば、ヨーロッパでアヴァンギャルドの印象派が台頭してきたが、そういった彼らでさえ、アカデミックな教育をうけているのである。

近年、外国ではスシ店が大繁盛しているようだが、現地の人が妙なスシを握っているのだ。華屋与兵衛もビックリの我々日本人にとって考えられない食材を使っていることに驚かされるが、日本のすしとの出会いから、その国の特有の感性で着想を得て、例えばアメリカ化、中国化、またはフランス化されたスシが振る舞われているのだ。目くじらを立てることではない。なぜならもう日本のすしの真似事ではないからである。真似るのであれば、日本の職人に師事し修行しなければいけないが、自由な発想から独自のものを創造しているのである。

こういうことから文化は生まれるものだと思う。芸術においては自由な発想から考えが深まって、自分の方向性を見いだし試行錯誤しながら、そこから創造が生まれるのである。その自分という土台を捨てて何が築いていけるのだろうか。何でもかんでもあれも素晴らしい、これも素晴らしい、外国は素晴らしい、フランスは素晴らしいと盲進的に取り込もうとすれば、それこそ外国の模倣であり、外国かぶれになり、自分のルーツを見失うだけだということは歴史などから学べるものだ。

私がここで引用したいのは、日本美術院を創立した岡倉覚三（通称・岡倉天心）の言葉である。

「外国からの知識の蓄積だけではなく、内にある自己の実現があって初めて真の進歩がある」

和魂洋才の和魂、つまり日本精神、その定義は時代と共に変わっていった。幕末以前の時代は和魂漢才であり、その時の和魂とはシナ文化の影響を受ける前の日本人の精神であったが、幕末においての和魂洋才の和魂とは、儒教道徳を取り入れ変化した日本人の精神、これを強調して大和魂といっているのだ。これはそもそも東洋精神なのである。

いまでは死語になりつつある言葉だが、留学体験者の方は理解しやすいと思う。外国に住むと、外国にいるためにかえって日本を意識して、必ずしも造詣、知識がなくとも日本文化や日本精神をなぜか強調する心理が働いたという経験をすると思う。日本人の心の中には知らずと日本人としての精神が宿っている証拠だと思うのである。

日本人の幸福観

日本は景気回復の兆しがまだまだ肌で感じられるまでには至ってない。そして経済的なことから波及する精神的な点において、夢が持てないのは社会が悪いのだと決めつけ、自分の努力不足を棚に上げ、不平、不満から責任を他に転嫁する人がいる。他に責任を押し付ければ楽だからだ。しかし、寝て待っていても果報はやってはこない。経済を好転させなければ、お金は増えないが、過度の期待が自分自身を苦しめるのではないだろうか。幸福感はどのようにして得られるかを考えたい。

人と比べると苦しいものだ。

人は人、自分は自分であるが、ナンバーワンよりオンリーワンとは逃げ口上にすぎない。人はやはり努力してこそ果実を得られるのである。誰にでも何らかの能力はあるはずだと私は思いたい。

人間は平等だ。豊かな家庭に生まれた子供、貧しい家庭に生まれた子供。人生の終わりに、幸せとは家庭環境ばかりに影響されてはいないと悟るのではないか。

充足した日々を送れないゆえにイライラが募り、不幸にも犯罪に手を汚す者がいる。罪を犯す年齢がだんだんと下がってきて少年法の改正が議論されるまでになった。動機は精神的安定に欠け、経済面や将来に夢を持てない不安も一因であろう。

それに、就職難が理由なのか、家に引きこもり働かず、親のすねをかじり続ける若者が甘えの象徴でありニートと呼ばれている。アイデンティティの喪失。やりたかったことと実際にやっていることとの乖離。現代は確かに複合的な問題を抱え、難しい時代である。

安定を求める若き求職者たち

将来就きたい職業の変遷。昔は男子の上位にパイロット、野球選手、エンジニア。女子はスチュワーデス、歌手、女優。皆が夢を描いていた。今や男子も女子も憧れの職業として公務員を上位に挙げる。変な時代になったものだとため息が出てしまう。

もう数十年も前のことだが、テレビの報道番組を見ていると、不思議な大人たちが映し出されていた。

存続に揺れたプロサッカーチームのサポーターの異常なほどのチームへの偏愛ぶりには驚かされた。横浜フリューゲルスが横浜マリノスに吸収合併という出来事においてだ。

横断幕には「僕たちから夢を奪わないでください」とあった。

夜遅くまでスタジアムに残ってテレビ取材を受けていたスーツにネクタイ姿の社会人、横浜フリューゲルスのサポーターたちの涙の訴えである。実際に泣きながら悲嘆に暮れているのだ。こういった他のことに依存しなければ自分を支えることができない独立自尊のかけらも持ち合わせない人たちにとって、自分の存在意義を他に委ねることでしか生きていけないという、これも幸せの形なのか。親会社の経営が傾き、チームの運営を続けていくのが難しくなったのだから、どうしようもないことではないか。

大の大人が駄々をこねている姿に、幼く成熟していない大人を見た。実に情けなく幼児化しているように思える。

他人を応援するのではなく、応援される側になるべきだ。そのため頑張るんだ。その努力が実を結ぶ日は来ないのかと自問する。しかし、努力は報われるものではないことも知るべきである。努力しない者は当然ながら報われる価値もない。甘えの構造はまだ崖っぷちだとの認識がないから、必死にならないだけのことなのだ。

私が中学時代に美術の道に進むと決めてからは、将来生活の面で苦労するからと反対もあったが、信念を持ち、どういった状況に置かれようと自己責任だと覚悟を決めていたことであり、生活が大変な今でも全く後悔はない。自分の覚悟の決断故に前に進むしかなかったことで色々な経験ができたことは、今では自分の財産になっているという自負がある。

スポーツなら特定のチームのファン、または特定のアイドルのファンになることは別に自由だ。応援のため散財したり、自分の貴重な時間を応援のために注ぐことも自由だ。

ただ言えることは自分の人生一回限りであれば、頑張るのは今しかないのだ。自分の人生の主役は自分なのだ。その主役の座を放棄するのか。

人から羨ましがられる人生を送っている人がいる。夢の舞台で、自分の可能性に挑戦して素晴らしい人生を送っている人がいる。おまけに人からも応援されている。

人から尊敬され、称賛されて、富や名誉を得た成功者がいる。

しかし、よく考えるべきだ。そういった人は人の知らないところで想像以上の努力をしていることを。それに近い努力をすべきだとは思わないか。人の活躍を見てそれを励みに頑張ろうと思わないのか。ビールとおつまみを手に毎日テレビの前でごろ寝をしながら声援を送っているだけなのか。応援している憧れの人から自分がどう見られるだろうかと考えてみたら良い。胸が張れる生き方をしているか、恥ずかしいと思うかである。

あるいは自分にはできなかったことを人の生き様に重ね、夢を託し応援するというファンもいるだろう。人の活躍する姿に励まされ、それに感化され、気持ちを奮い立たせ自分の新たな人生に反映させるべきだ。

パリで、まったくうだつの上がらない日々に気持ちが滅入り、自暴自棄になりつつあった時に、アメリカ人のマダムから言われた言葉がある。

「フランスに来てフランス語を話し、夢を追っている。それだけでも人とは違う素晴らしい人生じゃないの」

そのことで自分の置かれている状況を再認識し、感謝することに気付かされた私であった。

これが幸福感というものなんだと。

医療現場の実態

長い外国生活を切り上げ日本に帰ってきた時、私の年齢は既に40歳代半ばを過ぎ、50歳に手が届くほどになっていたが、それよりも一番年月の流れを愕然とするほどに感じたのは親の老いであった。地元の空港に私の到着時間に合わせ迎えに来て、ガラス越しに私を探している母の姿に絶句してしまった。一瞬足の運びが止まりかかったが、私を見つけられずに遠ざかる母を小走りで追いかけた。動作の緩慢さはまさに老人の動作そのものであり、背中も若干曲がって見えた。

父はそれから10年後に癌で亡くなった。

母が入院していた時のことである。両親共に病院でお世話になっているわけだが、入院している本人や見舞いで毎日来院している家族は病院内でスタッフたちの働きぶりを目の当たりにすることになる。

通常、何らかの疾患のために通院する際に見かける看護師さんたちの笑顔はまさに白衣の天使のように輝いて見えるものである。

ところが、実態はちょっと違うことに気付いた。よく報道で聞く入院患者への虐待は身近にも日常茶飯事に起きているということを知った。

入院している母を見舞ったとき、窓際の患者の世話をしていた看護師の態度に驚かされた。カーテンで仕切られた向こう側の2人のシルエットの動きでその動作が想像された。着替えを助けてもらっているのだが、高齢の患者の声の弱々しさと看護師の動作を指示する高圧的な声の対照的なやり取りが室内に響いていた。なかなか動けない老人が絶えず「ごめんなさい、ごめんなさい」を繰り返しているのだ。

入院患者が看護師や看護助手に遠慮し、気を遣っていることに違和感を感じた。高齢の患者が、世話をしてくれる病院スタッフの気分を害さないように気がねしているのが痛々しいくらいに伝わってくるのだ。叱られないように、何かおどおどとしているようにも見受けられた。虐待されてはいないのかと心配になるほどであった。

入院患者が高齢者であれば、老いに伴い、色々な身体の不自由さから、一人ではトイレに行けないし、頻尿、おむつ替え、おもらし、排便などで入浴が無理であれば定期的に体を拭いてもらう必要もあり、そういったことで人の世話にならざるを得ないのである。家族が定期的に身の回りの世話をしに来ている患者はよいが、それでも24時間付き添えるわけにもいかず、病院スタッフに頼らざるを得ない。気詰まりから早く家に帰りたいと訴える患者は意外と多いのである。その点、家族がいない独居老人は悲惨である。入院期間中の必需品は病院内で購入しなければいけないし、洗濯物がたまっても動けない身体では全てのことをスタッフに依頼するしかないのである。

入院患者にとっては世話をしてもらえることは有難いことであり、世話してくれるスタッフだけが頼りなのである。

しかしながら、世話する側にとってはわがままや細かな注文、優しさ、丁寧さの要求には困るのだ。忙しいため合理的に簡単に、手際よく、回数がなるべく少なくて済むよう、一人の患者にそんなに時間を割けない事情もあるのである。

問題なのは患者の声をちゃんと聴こうとしないということだ。高齢だとうまく話せない、表現できない、声がうまく出せないこともあるかもしれない。患者の訴えようとしていることに耳を傾け、受け止め寄り添ってやるべきではないのか。ひょっとしたら患者はＳＯＳを発信しているかもしれないのだ。苦しんで助けを呼んでいるかもしれないのだ。

患者にとって必要なことは、医師の顔を見ただけで安心や信頼が得られ、看護師の笑顔や優しさにふれ、和ませてもらうことだ。これは医療人が持つべく資質に起因するのではないか。医療関係者にとっての最も重大な資質の欠如は、患者への人としての尊厳を持たないことだ。そのことが却って不信感を抱かせ患者の精神的な負担になる。認知症の患者との向き合い方などは忍耐が必要であろう。しかし、看護師を目指した動機を問いたい。

言葉遣いはタメ口であり、子ども扱いというよりむしろ赤ちゃん扱い、動作が緩慢だと顔をしかめて叱りつける。

叱られる側は動けないことで歯がゆく悔しいのだ。自分の孫ほどの年齢のスタッフからぞんざいに扱われ、それでも人を頼らなければ何もできないのは実に惨めなのである。

あくまでも一部の医療従事者であることを付け加えておくべきだが、現在、問題になっている医療現場での虐待は、ストレスを抱える病院スタッフのはけ口になっているのだ。

これから老人が増える一方の日本、将来、日本の医療現場はどうなっていくのか。考えてみてもゾッとする。長生きはしたくないと正直思ってしまうのである。

福祉関係の人から聞いた話だが、ある施設には「当施設は利用者様に対して敬語で接します」との表記がされてあるとのこと。それだけ施設利用者とスタッフ間のコミュニケーションに苦情が寄せられている現状があるからだ。

また、それは却ってスタッフへのプレッシャーにもなり、うまく和が保てるのか心配でもある。

アジアから職業体験として看護師や介護士を目指して来日してくる人たちがいる。非常に仕事ぶりが良く、評判がいいというが、如何せん数年の期間内に試験に合格できなければ帰国せざるを得ないという。老人が占める割合がますます増えていくこれからの日本を考えると、一生懸命働いてくれる日本にとって有益な外国の人々に、もっとチャンスを与えてやれないものか、と日本人の医療関係者の仕事ぶりを見ていると、つくづく思うのである。

肩書きに翻弄される日本人

現代にみる身分制度は、仕事上の上司と部下の関係以外に、世の中には自分の社会的地位の高さを誇示する者、権力をちらつかせる者や、上から目線で圧力をかける者に対して、争いを避けるがための社交辞令のように暗黙の了解であるがごとく忖度で成り立つ構図がある。なにも利害関係になくても、格差社会においては社会的身分の違いは引け目として感じるからなのだろう。この時代においても人はまだ身分にこだわるのか。

上下関係を作り、いとも平然と人を利用する者がいることに憤りを感じる。

某日、障がい者の人が病院のロータリーの隅にある身障者用の駐車スペースにバックして入れようとした時に、事故が起きた。

バックする直前の行為として、駐車スペースから右側にハンドルを切りある程度の距離を保ったところで停止した。フロントガラスに身障者として役所から交付された札を掛けることに集中したためか、注意力が散漫になり、バックする際に後方確認を怠ったのである。まさか急にバックしてくるとは思わなかった後続車の人は、避けれず衝突されたのである。

本来、バックでの車入れなら、もっと駐車スペース寄りに一旦止めることで、道を塞ぐ形になり、後続車は一連の車入れが済むまで待たされるが、トラブルは避けられるはずである。また札を準備している間、ギアはドライブかニュートラルに入れ、ブレーキを踏んでいたのだろうか。バックに入れておけばバック音に反応できたかもしれない。

とはいっても後方確認をしなかったことが事故の直接原因であるから、責任が障がい者の人にあることは明白である。

ところがである、事故を起こした当の本人のとった行動に驚かされた。

その人は自分の某大学名誉教授の名刺を渡し、

「自分は予約があるから、そっちで警察を呼んで、後のことは頼んだから」

と言い、院内に消えていった。

確かに名刺交換はするだろうが、黄門様の印籠のように身分で相手に圧力をかけたと思われても仕方がない。なぜなら人の道をわきまえた人なら、警察の現場検証に応じるため、予約をキャンセルしてでも警察の到着を待つのが普通だからだ。加害者が被害者に後の処置を頼むとは責任の果たし方が分からないのか。こういった人は普段から、誰に対しても傲慢に接しているのだろう。

60歳代後半の人で障がいの程度は知る由もないが、杖はついてはいたが、見たところ、歩行に関してはさほど問題があるようには思えなかった。

ぶつけられた側の人も同年代で、朝早い時間に来院したがために事故に遭い、あげくのはてに被害者であるその人が警察に連絡し、日差しの強い屋外で警察官が到着するまで待たされたのである。当然、その場から離れられず診察の受け付けさえできずにいたので、その間の心情は如何ばかりであったろうか。

名刺を受け取った人は相手の肩書きに驚き、事故を目の前で目撃した私にもその名刺を見せるぐらいであったのは、相手の肩書きに対し自分を卑下する表れではないのか。自分の役割に納得させられ、受け入れざるを得ない立場に置かれたということなのか。そこまで過度の恭謙の念を持つ必要があるのか、自己犠牲を自分に強いる義務はない。

警察官が到着して、事故の概要を知り、「何故、当事者がここにいないのか、どこに行ったのか」と訝り、予約しているため院内にいることを知ると警察官は憤慨し、至急呼ぶように警備員に依頼する。当の本人はリハビリ室で気持ちよさそうにマッサージを受けていたのである。

そこでの一言、「なんだ、なんだ今、(私は)なにをしているか(見ればわかるだろう)、……あと5分待ってもらって、それから行くから」

さらに警察官に、ロータリーの道幅のことで文句を言っていたのだ。

何という自己中心的で身勝手な振る舞いか。自分には非がないと主張したいのか。○○につける薬はない。

「先生」と呼ばれる人は特定の分野のなかで評価され、一定の尊敬を集めているだけのことであって世間一般の人にとっては何の恩恵も被らない関係である。おごりがあり、勘違いも甚だしいのではないか。こういったことを書くと、それはひがみから来るものだと言われそうだが、それもまた、残念なことである。

同じような例を挙げる。

定年を迎え、会社では重役だった人がいる。日常が変わり、時間を持て余すようになると、思い付きで何かボランティアでもと地域のＮＰＯに参加した。ところが、「おい君！」と人を呼びつけたり、あごで人を使い、自分の考えを人に押し付け、さも自分が中心であるような振る舞いをするとのこと。まだ勤務時代のままで、お山の大将でいるのだ。

主宰者の方曰く、「皆さん社会貢献のため無償で働いてくださっているんです。ここでは皆さん対等であり、上下関係などないんです。和を乱すような人は辞めていただいた」とのこと。

組織の中では偉かったかもしれないが、社会人として、人として人生で何を学んできたのか、傲岸不遜な態度が社会の中で通用すると思っているのかと言いたい。思い付きで暇つぶしにボランティアをと安直に考えるのはボランティア従事者に対して失礼ではないか。

若者に目を転じると、仕事上の上司には一応礼節をわきまえた接し方をするが、仕事での関係性がない人に対しては、人としての基本である挨拶、礼儀を重んじない非礼さが目立つ。若い人にはお山の大将を反面教師にしてほしいものだ。

最後に対極の人についてである。

既に物故された日本画の大家である片岡球子画伯のことを語ろう。文化勲章を受けられた方で、院展の理事であり、院展開催の際には昭和天皇に展示作品の説明をされていた方でもある。

ご自宅には画廊や百貨店といった絵画を取り扱うところの営業マンが連日、菓子箱を携えて訪問していた。しかし、マネージャー兼お手伝いさんが玄関先で応対するだけで、先生が会うことはまずない。縁あって私はお宅にお邪魔したことがあり、座敷まで上がらせてもらったことがあった。帰り際、マネージャーと一緒に玄関の外まで出てこられ、ずっと頭を下げてらっしゃるのだ。「お止めください、滅相もないです」と言うと、凛としてキリッとした眼光で「私が好きでやってることだから、好きなようにやらせてね」。

相手如何に関係なく、誰と対する時でもおごらず誠実な接し方を頑なまでに貫かれる方なのだ。

こちらとしては恐縮至極で、足早に歩くも最初の角を曲がるまでの時間が長く感じられたほどである。

私が銀座で個展を開いたとき、二度もお祝いのお酒の詰め合わせを頂いた。私のようなパリで全くうだつの上がらない者にも御配慮くださり戸惑いを感じた次第である。

タクシーの運転手が片岡先生のことを話していたことが印象に残っている。タクシー運転手と利用者というごく普通の関係であり、時々呼ばれるという。

「偉い先生らしいが、先生といったって、私なんか、あの人から何ひとつ教えてもらったことはない。だから先生なんて呼ばない。それが世の中では当たり前だと思いますよ」

日本の教育

現代の若者を見ていて気になるのは、夢に向かって目を輝やかす、はつらつとした若者らしさが何故か無いことだ。合理的な考えで無駄なことをしない、疲れることはしないという傾向にあるようだ。

たかが10代、20代の人生経験で何を悟った気でいるのだ。まずは行動することで結果を引き出すことが肝要だろう。無駄と思える失敗もそこから学ぶことで人生を豊かにしていくものだ。

仕事を覚えたからといって人間として成長したわけではなく、仕事のやり方を知っただけであるのに勘違いをしている若者がいる。仕事を通して人との接し方、人との結びつき、社会とのつながりを学ぶのである。学ぶことは一生続くのだ。そういうことが分からないからこそ、年長者に対する態度に謙虚さを欠き、傲慢さが出てくるのだ。それは日本の教育に問題があるからだと私は確信している。

挨拶、礼儀、言葉遣いなど人としての基本ができていないのは、家庭内で親から厳しく躾を教えられていないからだ。時には子供を厳しく律していくことが必要である。それに、子供を受験戦争へ駆り立てる制度がいけないのだ。子供たちは点取り虫と化し、感受性を育む時間は塾通いで奪われ、伸び伸び遊ぶことを知らずに大人になっていく。

人はお金があれば幸せになれると信じることは間違いではない。幸せにはなれるからだ。理想とされる幸せになれると信じられている人生のレールがある。

有名学校への入学、優良企業への就職、昇級、悠々自適な年金生活へと向かうレールである。しかし、これしか目指すものがないのか。それ以外のことは無意味なのか。自分のための時間がない、余裕がない、人を押しのける、人との競争で敵を作る、それで健全な精神が宿るのか。

人が決めた間違いのない道標とされるレールに則って、人から押し付けられた人生にどういった生きがいが見出せるのか。そんな人生のどこが面白いのか。

個性、夢、自我の確立のない生き方

子供たちの将来を考えるなら、学校教育の重要性、あり方を再認識すべきだ。社会の時流に抗うことは大変なことだとは重々わかってはいるが、幸せになるための教育でなければ意味がない。

熱意のない教職員、授業以外の役割過多に忙殺される教師、生徒から暴行される教師、ストレス、鬱病を抱え離職する教師。

荒れた教室、授業についていけない落ちこぼれ、陰湿ないじめ、暴力、等。

現在の教育現場は問題山積のようである。しかし教育とは子供のためであり、どこを見て教育者と言えるのかと敢えて言いたい。人生経験豊かなシルバー人材を教育現場に迎え入れることはできないのだろうか。

クラブ活動の活用

社会に出る前のシミュレーションである。小さな社会の中、先輩、後輩という上下関係の中で挨拶、礼儀、言葉遣いを厳しさの中で具現し、みんなで一つの目標に向かって切磋琢磨する。和の重要さ、協力、支え合い、かばい合い、与えられた自分の役割を最後まで責任をもってやり遂げる、周りに迷惑をかけない。

苦しくても訓練をあきらめない、投げ出さない、最後まで落伍せず達成できるように努力する。それで自分の限界を知ることも必要なことである。

甲子園での高校野球ほど青春を象徴するものはない、と言われる。とんでもない、女子はどうなんだ、文化部の活動はどうなんだと言いたい。

何でもいいのだ。肝心なのは情熱を傾け、後悔のない学生時代を謳歌することだ。失敗が許される、自由奔放に過ごせる学生時代に何もしないのは実にもったいない。何かを成し遂げたときの達成感をまず若い時に感じることが自信に繋がるからである。それこそ若い時に実践すべきことであり、社会に出てから役に立つことなのだ。

好きなこと、やりたいこと、情熱を傾けるものを自分で見つけられない者には、学校が後押しし、能力をみつけてやるべきであり、これこそ教育で一番必要なことではないのかと思う。

五無主義者へ転落する原因がそこにあると思うからだ。五無とは無気力、無関心、無責任、無感動、無作法。しらけ世代を象徴する言葉だ。教育者は責任をもって遅くとも将来の進路を決める高校2年生時までに見つけてあげるべきではないか。いや高校2年生でも遅いくらいだ。

定年退職、人はそこで初めて人生を見つめるのである。会社の中では一つの歯車に過ぎない生き方であったことにやっと気付く、遅い後悔である。いや家族のために安定を求めた選択であれば正解だったと納得できればいいだろう。2羽の兎は追えないからだ。

人はそれぞれ違った人生観をもっている。それぞれの価値観においても尊重すべきである。その素養を育む場がまずは学校なのだ。

日本人の持つ二面性

フランス人化する愚かさ

ネット上のフランス留学予定者に向けた留学経験者のＨＰ内に、「フランス流の挨拶であるビズは恥ずかしがらず、進んでやりましょう」との書き込みがあった。またフランスかぶれのコメントかとがっかりする。日本人として、また個人の考えをもって胸を張って外国人に接して何故恥ずかしいことがあろうか。世界から日本の文化、慣習に関心を寄せられている今、本来、日本人の行いは称賛されるものだからである。

サッカーＷ杯試合後のごみ拾い

サッカーのワールドカップでサポーターが試合後に持ち込んだ物は持ち帰る、またゴミを拾い清掃する姿が世界に報道され称賛された。日本人として実に誇らしい。しかし私は言いたい。

当然の行為が感動を呼ぶことの違和感をである。マスコミから報道されることを見込んでの見せかけのパフォーマンスではなく、人の目につかないように、さりげなく行っていることを取り上げられるのは不本意ではなかろうかと思う。国際試合で終了後の同胞のサポーターの行為に共鳴し、意識を改めた人たちの輪がどんどん広がってきていることに日本人の素晴らしさを感じた。

また地震や台風などの災害が発生し、罹災者のため、復旧作業のためにボランティアの多くの人が懸命に奉仕活動する姿には頭がさがる。世界の人たちも日本人の行為を真似ていけばと願うばかりだ。

しかしながら実際には、日本国内における日常の出来事で世界に発信できないことが、あまりにも多くあることには残念でならない。それは日本の恥部のことだ。救援物資搬送中と偽り、渋滞する道路を優先的に被災地に入りこみ罹災者の必要とする生活必需品や食品などを呆れる価格で販売する商売人がいたり、もぬけの殻となった家に盗みに入る輩もいた。

外国でデモ隊が暴徒化し、店を襲撃し商品を盗む報道を見ていたが、日本人も結局同じなのだということ、状況が一変すると人間は理性を失い堕落していくのをまざまざと見せつけられ悲しくなった。

それればかりか避難所で家族を失いひとり残された若い女性に暴行をはたらく輩がいたこと、役所の人に訴えても、この状況下にあることを窘められたこと、これらの事象は日本人の側面として見逃せない事実である。東日本大震災、神戸でも熊本でも弱者を狙うクズは至る所に存在したことを国民は知っているのか。被災地で性暴力を受けた女性を守るＮＰＯが発足したことなど報道されなければ現場の実態は分からないままである。

メディアは自国の恥を進んで世界に伝えようとしないのは当然だろうが、そのあまりの偏向報道にメディアリテラシーを考えさせられる。

虚像の日本人の姿を見せ、臭いものにはフタをする。不都合な事実はもみ消し、意図的に表面上だけ良く見せようなどとはせずに、包み隠さず、悪い点は世界から痛烈に批判されなければ目が覚めないし、自覚してこそ変わっていくのであり、そうして発展していくものではないだろうか。経済成長目覚ましい中国のことを、やれ常識がない、やれ品性に欠けるだのモラルが低いだのと言っているが、文化的成熟の過渡期において、以前の日本の姿がそうだったことを忘れてはいけない。

大勢では確固たる行動が起こせても、個では小心で勇気を奮い起こすこともできず、信念さえ持たず、自己主張もできず、目をふさいだり、黙りこむのが日本人である。

フランス留学体験者である御年89歳の御意見なのだが、日本ではバスの超満員の中、席を譲ろうとする者はいない。バスがカーブを曲がるときなど吊り革につかまり、足を踏ん張るのも大変な老人を気遣う心がない。弱者に手を差し伸べようと率先して行動する気持ちがないのか。フランスではありえないことだと言われる。

日本人は何故他人に対して無関心でいられるのか。

某大型レンタルショップの駐車場内に、店の配慮で障がい者ドライバーが短い歩行距離で入店できるように、入り口前に2～3台分の障がい者用スペースが設けられてあるのを見た。驚いたことに障がい者用パーキングの看板の下に書かれてあった他では見かけない文言が、現代の日本人の本性を雄弁に語っていてむしろ悲しくなった。その看板には、
「ここは障がい者用の駐車場です。障がい者の方が困っていらっしゃいます。それでもあなたはここに駐車しますか！」

なぜ店はこのようなことを書かざるをえなかったのか。そこまでしなければ今の日本人はわからないのか、想像力をはたらかせれば分かることだが、今の日本人は分かっていながら敢えてやるのだ。モラルのない健常者が店の入り口側に頻繁に駐車しており、苦情が多くあったのだろう。障がい者優先という文字があっても、絶対にそこに健常者が停められない、ということではないと解釈する偏屈者もでてくる。しかし他のスペースが空いていればなにも障がい者用に停めなくてもいいだろう。

また駐車場が満車で、並んで待っている車を横目に駐車禁止区域に平気で停める輩も多くいる。点字ブロック上に車やバイクを平然と停める者もいる。日本はまだまだ障がい者に対する理解がなく、実に冷たい社会である。

シルバーシートという身障者、老人、妊婦などの弱者優先席が公共の交通機関に設けられてある。これも不思議でならない。何故そういった特別席が必要なのか、何故他の座席とは色違いで目立つようにしてあるのか。外国にも確かにあるが、そこまで顕著に示されてはいない。弱者への配慮がない国民性を見越して設置されてあるのだ。何と情けない国民だろうか。本来必要ないものだ。

可笑しな例をあげれば、満席の状態で吊り革に掴まっている人が多くいる中で唯一シルバーシートだけが空いている場合、健常者である者は決して座ろうとしない。健常者であっても病気だったり、気分が悪かったり、くたくたで疲労困憊だったりしていることもあるだろうに、座ろうとはしないようだ。何故か。人の目を気にするからだ。シルバーシートの表記があるからだ。そういった特別席があるため、本来の助け合う精神が逆に阻害されているように思えてならない。融通が利かない、クソ真面目というのか、何故臨機応変に対応できないのだろうか。

また、自分さえ良ければ規則などどうでもいいと考える人、社会秩序を乱す人は若者ばかりとは限らないことにも驚かされる。老人は国の宝だと言われていた頃が今では久しい。人生経験豊かな老人の授ける知識や知恵が次代に継承され、延いては国の発展に寄与していくことから、国の宝だと言われていたのだ。ところが今の時代は周りの迷惑も顧みず、大声をはりあげたり、自分の好き勝手な行動をする老人を多く見かける。残念ながら、日本はごっそり根幹を抜き取られ、違う国になっていくのではないかと危惧を抱いている。成人式やハロウィーンの乱痴気騒ぎを見ていると、世も末だと思ってしまう。サッカーのサポーターの意識のように、模範を示す輪を一人ひとりが勇気をもって広げていかなければいけない時になっている。今や当たり前のことが当たり前ではない時代になっているのだ。まだまだ日本は捨てたものではないんだと内外に思わせるには、一人ひとりが自分自身の行動にかかっているのだ、ということを自覚しなければならない。

私の中のモヤモヤ事件①　オウム真理教事件

オウム事件に関与し死刑囚であった13人に死刑が執行された。

しかし、はたしてオウム事件は、これで終結したといえるのだろうか。彼らは何故オウム真理教の尊師である松本智津夫こと麻原彰晃の教義に魅せられたのか。何故マインドコントロールされ善悪の判断もつかず、犯罪、それも人を殺傷することに手を染めたのか。

入信した信者たちの動機とは何だったのか。彼ら自身、入信時どういった状況にあった人たちだったのか。彼らが特別だったのか。元々犯罪者予備軍であったのか。一般の我々がもし勧誘されたら信仰するに至る危険性はないのか。検証する必要はあるだろう。

世の中にはカルト集団を除いても多くの宗教及び宗教団体が存在する。純粋に宗教に興味があり、最初に出会った宗教関係者の対応の仕方、話し方、人柄の良さを思わせる話の内容から良い印象を抱き、親切心や思いやりを示されると、どうしても宗教云々ではなく、その人を信じて入信してしまうのではないだろうか。

私はフランス滞在期間中に様々な宗教関係者から誘われた。フランスにいる日本人に宗教に関わっている人がこうも多くいるのかと驚かされた。しかし、私は入信は一切しなかった。理由はハッキリ言って勧誘してくる人に魅力を感じなかったからだ。この宗教を実践すれば、このような魅力のない人間になるのであればやりたくないという単純、明白な理由でだ。たいていの人が口では立派なことを言っているが、実際の本人の行動に乖離があれば信頼感は失せてしまうものだ。

私も宗教には関心があり、特に聖書は勉強して損はないと思っている。世界で一番読まれている古典的書物であり、それも気が遠くなるほどの長い年数に及ぶベストセラーであるからだ。私もクリスチャンになるのではと気持ちが揺れた時期があった。敢えて申し上げるとフランスで知り合ったエホバの証人の人たちが魅力的に思えたからである。特にラ・ロシェル市で知り合った若いフランス人のカップルによる聖書指導から彼らの人柄に魅せられ、情熱的であり、実に真摯な生き方に感服したからだ。実に勤勉で敬虔なクリスチャンといえよう。聖書研究を行う団体が他には見当たらないところから、共に聖書を読む機会をもったのであった。エホバの証人が使う聖書と日本聖書協会発行の新共同訳を比較したところ、さほどの違和感を私は感じなかった。補助教材も宗教の理解を助けるものだが、宗教団体の活動そのものが経典の教えから逸脱していないか見極める細心の注意が必要になってくる。

しかし、現在まで洗礼を受けていない理由は、宗教とは自発的に利用すべきものであり、組織から利用されるべきものでは決してないからである。大きな組織ともなると当然運営上の諸々の問題が発生するのは避けられないことであるからだ。

神の存在概念も神の聖霊によって聖書が書かれてあるからと捉えることも、もしくは古典的書物として各時代の批判を乗り越え生き延びてきた点からしてもまさに普遍的内容に価値があると捉えることもできると思う。特に私の研究するフランス人画家が、敬虔なカトリック信者であったことからも必須の知識として、エホバの証人の彼らから大いに学ぶ機会をもらったことには深く感謝している。

さて話をオウム信者の入信への動機に移そう。

彼らは純粋に宗教に興味がわき、書店で麻原彰晃の本を手にしたり、勧誘を受けたりするのである。興味があるからこそ、つい聞いてしまい引きずり込まれていったのである。

そこで何故宗教に興味を持っていたのかが問題になるが、それこそが重要なポイントである。何故なら彼らは純粋だったからである。高学歴、真面目、勤勉、無垢、公明正大、純潔で人を疑わない、だからこそやすやすと騙されていったのだ。

人はこの世の中のこと、自分自身のことに対してどのように対峙して生きているのだろうか。目を閉じ客観的に深く考えてみれば、いろいろな「何故?」が浮かび上がる。それに気付けば彼らに対して、宗教へ関わることになる動機を批判することはできなくなるはずだ。

社会について

不正・不法がまかり通る汚れた世界
世の中を支配する目に見えない何か大きな力
国民を守るものは為政者であることの嘘
国民の生命と財産を守るという国家の欺瞞
自分自身の保身を第一に考える、私腹を肥やす政治家
なぜ犯罪は無くならないのか、なぜ戦争は終わらないのか
弱者に対する理不尽な政策
正直者は馬鹿を見る
努力をしても報われない世の中の不条理

人について

悪い奴ほど得をする
利己主義、人より自分を愛す
悪事をはたらく残虐さ

処罰されない軽微な犯罪に対する意識の無さ
人を貶める、利用する狡さ、醜さ、邪悪な心
人を騙す、嘘をつく、きれいごとを言う
強欲、財欲、名誉欲
性善説、人は元々善人か、偽善者か

自分について

人が見ていないからといって、胸が張れる生き方か
不都合があると正当化しようとする心
人から良く見られたい、良く見せようとする心
どこを向いているか、どこを見ているか、崇高な思いか
人よりも自分の優位性を願う心はないか
猜疑心、人を疑ったり、妬んだりしていないか
損得勘定、天秤にかけていないか
誰もがやってることだからとモラル、社会通念を無視するか
見て見ぬふり、だんまり、言わぬが仏か

不正直、責任転嫁、過ちを隠蔽する心
自分は正しいと思い込み、周りが見えない心

社会への失望、人への不信、自分の弱さ。

理想と現実の狭間で世の中の、人の中の、また自分の中の矛盾に悩み苦しむ。誰もが後ろめたさを引きずって生きているのではないか。

心にやましい気持ちを持ったことはないと言いきれるのか。

このようなことに心当たりはないと言い切れるのか。


人は大なり小なり自分を偽って、誤魔化し、妥協して生きているのだ。純粋なあまり世の中や周りのことを憂いて、心の葛藤が起こるのである。

憎しみのない平和な世界は到来しないのか。

だからこそ宗教に救いを求め、期待を抱くのである。なぜなら人の心は脆いものだから支えられたいのだ。

オウムに入る前の彼らは、ごく普通のとても真面目な優しい若者であった。

人生を真剣に考えると「生きる意味」の模索を始めることになる。あなたはそこでどう考えるのだろうか。立ち止まって考えるか、もしくは諦めるのか。そもそも何も考えたことはないのか。

好奇心旺盛な知的な彼らは解決策を模索する点で違ったのだ。どっちが真面目か、どっちが真摯な求道者かを考えると私は恥ずかしい気持ちになる。

悩み、疑念から救ってほしいとSOSを発していて、たまたま最初に出会った宗教団体がカルト集団だったことは彼らにとって悲劇であったとしか言いようがないのだ。

オウム事件から多くのことを考えさせられる。今の混迷する時代に何を信じて生きていくのか。これからも多くの求道者が宗教に身を委ねることだろう。

現にオウム真理教の後継団体に入信して、麻原彰晃を崇拝している者が増えてきているという。しかも前身のオウム真理教に多くの若者たちが入信した時とは状況が全く違うのである。今は麻原の教えに基づき信者たちが多くの殺傷事件を起こした全容を調べたり、被害者や家族が苦しめられている現状を知る術はたくさんある。入信するとどういう結末が待っているのかがわかるであろうに、それでも入信しているのである。もう以前のマインドコントロールされた純粋さを持ち合わせていた若者たちとは違う別の人種が動き出してきているようだ。それは一度死んだ信者の亡霊が乗り移って別人格が生まれ出てきたようで不気味である。

何故オウム事件は起こったのか、人の心の隙間に入り込む危険因子を分析し、今後絶対に同様の事件が繰り返されないためにも専門家の研究に期待したい。なぜなら長い人類の歩みで、人と宗教は切っても切れない関係にあるからだ。以上のことからこの事件を生んだ背景にある問題を解明せず、風化させることだけは絶対にしてはいけないのである。

私の中のモヤモヤ事件②　日航123便墜落事件

1985年8月12日、午後6時56分に東京発大阪行きの旅客機、日航123便が御巣鷹山に墜落した。当時私はフランスへ渡って5年が経過したときのことであったが、人気歌手の坂本九の搭乗していたジャンボ機が墜落し、奇跡的に生存者4人が発見され、女の子がヘリコプターに吊り上げられている写真が鮮明に記憶に残っていた。

この墜落事故を事件として遺留品、証言や資料から多くの検証を行い、国交省が立ち上げた事故調査委員会の事故調査結果に異を唱える人たちがいる。その中でも特に青山透子氏の確信をもって国家の闇の部分を追求している書物を読んだことから興味を持った次第である。

彼女は元日航CAで日航123便に搭乗していたCAたちの先輩、または後輩にあたり、同僚として、共に空の安全のために携わってきた者としての責務、使命感を持って原因を究明することに情熱を傾けている人物である。

内容は衝撃的であった。まるで綿密に構成されたサスペンスドラマのような展開の内容には引き込まれていった。

あらましはこうである。ジャンボ旅客機の尾翼が飛行中に何らかのトラブルにより大きく破損してしまい、そのため操縦不能となり山に墜落した。問題となるのがそのトラブルの原因である。原因が機内で発生したとは考えられないため、自衛隊機による撃墜の疑惑がもたれているのである。実際に、ミサイルのような赤い飛行物体や、旅客機を追尾するファントム2機が地元の多くの人たちから目撃されている。その中には小学生もいて目撃した内容を文集に記してあったというのだ。次々に出てくる証言に国に対する信頼は揺らぐばかりで胸が締め付けられる思いだ。

自衛隊機が演習のため発射した無人ミサイルが旅客機の後部尾翼に衝突したことが原因となり、飛行を継続することが困難となった。まだ十分可能であった横田米軍基地への緊急不時着陸を自衛隊の戦闘機が追尾して阻止したため、その結果、御巣鷹山に墜落したともいわれている。旅客機の飛行ルート、飛行時間に演習を行うこと自体が想像を超え理解に苦しむ。自衛隊機が間違えて旅客機を爆撃したことを隠すがために行った国の行為であれば、国民への裏切りである。しかし、それだけでは終わらないのである。

墜落をいち早く確認した米空軍のヘリコプターが現場上空に到着し、救助活動を開始しようとしたまさにその時、日本政府から救助を断る一報が入ったとの連絡が軍からあり、急遽基地に帰還するよう命令が下った。すぐにも自衛隊が到着し救助にあたると思っていたヘリコプターの米軍中尉は、その後の自衛隊の救助活動の遅さに疑問を抱いたという。わずかの生存者しか救えなかった点においても、現場上空からまだ多くの生存者を確認していたからだ。その後、当時の状況を公表したこの中尉は表舞台から消えた。

翌朝明るくなってからの捜索で墜落現場の確認が取れず、無駄に時間が過ぎていくばかりで、現地の住民からの目撃情報を無視し、自衛隊が暗に捜索を遅らせていたとの見方がある。墜落現場の特定の遅延は初動捜査の遅れというより、故意に捜索を混乱させ遅らせたとしか思えない。

御巣鷹山へ地元の捜索隊が登頂していた時、謎の一団が下山しているのを確認している。彼らは何者なのかと不思議に感じたのも当然である。墜落から救助作業が開始されるまで17時間もかかっているのだ。その間、彼らは山頂で何をしていたのか。

青山氏は後年、現地で発見された焼けただれた燃焼物の成分を分析したところ、旅客機に搭載されていない成分が検出されたという。飛行機のジェット燃料ではない別の燃料であった。飛行機の燃料で、これほどまでには遺体は燃えないというのだ。遺体はただれ、黒焦げの炭化した状態にまではならないとのことである。一体これは何を意味するのであろうか。死人に口なしで証拠隠滅を図ったのか。

どうしても何か疑心暗鬼にならざるを得ない。それは国家の陰謀、隠蔽が所々に垣間見られるからだ。実際にこういったことがあるのか。これらのことは想像を膨らませ、あくまで仮定によるもので荒唐無稽で安易に信じていいものかと戸惑いを覚える。しかし、多くの証拠などから辻褄が合い、確信に変わっていくことに恐ろしさを感じる。国民の生命、財産を守るべき政府が、520人の命をないがしろにしてまで国の威信を守ることがあるのか、信じられないことである。

旅客機がハイジャックされた場合、いち早く自衛隊の戦闘機が出動する。2次災害を避けるためとして市街地に墜落させないように、被害を最小限に食い止めるための最善の処置として旅客機を撃墜することはありうることだという。旅客機のパイロットは乗客の生命と安全を第一に考えるが、国は自国民の安全を考えるうえでより少ない犠牲には目を瞑らなければならないということか。命令を受ける戦闘機のパイロットの心情は如何ばかりかと思うが、日航123便の場合は全く立場が違うのである。

自衛隊のミスを隠すため、520人の命を葬り、国民を騙す。第一発見者の米軍中尉の反論をも、もみ消すアメリカへの働きかけなどこれは国家の威信を守るためなのか。国の犯罪そのものではないか。

墜落当時から、その原因をひた隠す姿勢が事故調査委員会の調査結果に見られていて、再調査の動きは起こっていた。事故調査報告書によると、同機の過去の修理ミスにより後部圧力隔壁が突如損壊したことが原因で、垂直尾翼が破壊され墜落に至ったと結論づけている。

ところが、警察及び事故調査委員会が現場に到着する以前に、自衛隊員がいち早く現場に入山し、事故原因であると主張する証拠物件である後部圧力隔壁を電動カッターで切断していたことが分かったのである。特定された物が原因ではなかったと知られないための工作であるとしか考えられない。

《事件》として結び付けられる因果関係の構図は国と自衛隊、国と日航、日本とアメリカ、ボーイング社とアメリカ、それぞれの関係が自身の立場の保身にある。利害をめぐっての真実をひたすら隠蔽しようとする動きがあったということなのだ。

これが「事実」であるとしたら、事故原因の真相を知りたいはずの遺族をはじめ国民は、この本の内容に衝撃を受けるはずである。マスメディアを利用して真相究明を訴えるために、青山透子氏立ち合いで遺族会が会見を開くとか、当時の総理であった中曽根氏に存命中に、国民に対し真実を語らせるようにせまるとか、どうして行動を起こさないのか。青山氏自身なぜ行動しないのか。またできないのか何故なのか、どうも納得がいかない。ジャーナリストはこの本に注目していないのか。告発本が出ているのに何の動きもないのは不思議というか、真実を追求し、国民に公表すべきだ。日本のジャーナリズムはここまで地に落ちたのか。

出版元の河出書房は出版した責任があろうに真相追及のため、何の後ろ盾もないのか。これまで何の動きもないことが不思議で、むしろ驚かされる。どういう経緯で、この出版社から刊行されることになったのだろう。単純に内容が衝撃的で社会的インパクトがあることから、注目され本が売れると思ったからなのか。今は出版界は本が売れないなかで苦慮しているため、この本は売れるという目論見はあったであろう。多くの人が手にとり、事故のことに関心を持ってもらうことは必要で、国民が声を上げることで世論を起こし、政府に迫るところまでできないのだろうか。

世に出たこの本に対し真相を突き止めようと正義感に燃える政治家はいないのか。当時の総理であった中曽根氏を存命中に国会で参考人として呼び、真相を語らせることはできなかったのか。闇に葬ろうとする流れに風化を阻止するため、もっと国民は怒るべきではないか。

35年前の事故といっても、毎年8月12日になると御巣鷹山で慰霊祭が行われる。テレビでその光景が例年恒例行事として映し出されるが、「今年もこの日がやってきました。遺族の方々が慰霊のため登頂して来られています」と、アナウンサーが淡々と原稿を読むだけで、それ以上のことはなにも語られない。

しかし、この本は「とんでも本」として批判され、問題作として扱われているとのことである。

著者の顔写真は検索してもでてこないが、ご自身のサイトを開設されていて、定期的に書き込みをされている点からすれば、何も逃げ隠れしていないので信念をもって本を上梓されたということがわかる。

批判する人からは、元CAで航空業界での知識を使い荒唐無稽の話をでっちあげて金儲けをしているなどと名誉棄損も甚だしいと、国をはじめ色々な方面からの圧力が掛かっていることだろう。

ここにひとつの日本人が知らなければいけない事実がある。敗戦後、アメリカによる占領下にあった日本は、無条件降伏の呪縛からアメリカの言いなりであった。その後、日米安全保障条約が結ばれた。それで日本は独立国になったか。

日本の国土は、すべて米軍の治外法権下のままなのである。憲法の規定を超える米軍と官僚で組織される日米合同委員会による密約が存在する。日米合同委員会とは占領時代から続く基地の使用権や治外法権など、米軍がもつ特権を日本国内で維持する調整機関であり、構成委員であるエリート官僚の道はこの日米合同委員会がシステム化された権力構造となっているがため、対米従属の継続は戦後から変わっていないのである。

戦後の日米間には裁判権、基地権そして指揮権という密約があり、つまり、日本の空は、すべて米軍に支配されていて、軍事演習は日本全土で行われているということなのだ。それでは日航１２３便へのミサイル誤射を行ったのは単独の米軍なのか、自衛隊なのか、それとも日米合同軍事演習の際に起こったことなのか、謎は深まるばかりである。ただ真実を知りたいだけなのである。

国とは何か。国家のあるべき姿とは何か、国とは何を大切にする機関なのか。

国は国民の生命、財産を守るべき機関だと認識していると、とんでもない目に遭わされるのである。何故沖縄は国と裁判で争うのか。何故保障問題で国と争うことになるのか。国民の生命に関わる裁判で国民有利の判決が出た場合、国民に対して何故国が控訴するのか。

国民の命は地球より重いのではなかったか。何故、国民が拳を突き上げ国に訴えを起こすことになるのか。国民の怒りの発端は政府が国の立場、メンツを重んじるため、司法の下では国民はいつも蚊帳の外、国民不在で事が進められるからである。

真実を追求するということは、白か黒かを決めるとか、単純にターゲットを個人や特定機関に絞ることではない。膿を出しきり、根深くひろがる国が関わる数知れない隠蔽、捏造事件の深い病巣にメスを入れる必要がある。

こうした事件の根は、初動捜査の方針と質の精度に深く関わるのである。そして、ここに共通する一つの根は、彼らがみな公務員であり、官僚であるという現実である。

保身と立身出世主義、派閥に生きる者たちによって、捜査から司法判決まで独占して取り決められることが、恐ろしい。誰を信じればいいのか。更に、莫大な国費をバックに国側は、脆弱な費用で対抗せざるを得ない個人や正義感に燃える弁護士を横暴にも潰しにかかってくれば、真実は闇の中に葬られるのだ。

弁護士自身が、権力を恐れ、権力者に擦り寄り忖度する傾向があっては、真実の解明は不可能である。

官僚たちの良心への訴え、制度の改革の必要性は言うに及ばぬことである。

日本の民主主義は、フランス国民が蜂起し民衆自らの自覚と抵抗の中から、勝ち取ったものとは全く異にするものだ。明治維新は、薩摩、長州の士族が中心となり起こしたものであるし、戦後の民主主義、民主憲法はアメリカＧＨＱに支配された日本政府の上層部の人たちだけの手で作り上げられたものである。つまり、民衆自体の内から発生したものでもなく、当然民衆の血となり、肉となって消化されたものではないのである。

　権力に対する隷属的傾向にある国民意識を払拭しない限り、権力による隠蔽も捏造も、またともに跡を絶たないであろう。

　要するに、日航１２３便墜落事件の究明は、自覚した民衆が立ち上がって、権力のおかした一つの事件に抵抗していく過程の中で、民衆の意識の中に、自らの人権を確立し、民主主義を深く把握し成長させていくという意義をもっているのだ。

日航123便

毎年、慰霊祭がやってくる。支援者に囲まれ高齢の遺族が両手に杖を持ち、休み休み、額に汗をし、今年が最後になるかもしれないという感慨に耽りながら一歩一歩と地を踏み進め、亡くなった家族の待つ登山坂の上の天空をめざす。

傘のチョイ借りにみる罪意識の希薄さ

海外生活を長く経験してきた私は、日本人は相対的に見ると真面目であると感じていた。フランス人の家主が、部屋を貸すなら日本人であれば間違いはない、トラブルをおこす日本人を見たことがないので全幅の信頼を寄せられると言っていたのを聞いて、そこまで信じ切っていいのかとこちらが心配する程であった。

しかし、実際フランスに滞在していて、旅の恥はかき捨てという考えで、旅先で同胞に出会って同国人の誼みを利用し、金の貸し借りでトラブルを起こす日本人を何人か見てきた。ただ日本人というだけで相手の素性など確認のしようもない。ホラを吹かれてもこちらは信じるしかないのである。信じる根拠もないのだが疑ったらきりがない。人との交流とはそういうものだろう。

真面目で、礼節を守り、コツコツ努力し、情に厚く、思いやりがあり、和を以て貴しとなす国民性。そのように信じていた私は日本に帰ってきてから少しずつ日本人に抱いていたイメージが崩壊していくのである。

日本人とは何だろうと思わざるを得ない、傘にまつわる幾つかの例を挙げる。

ある日の午後、私は通信教育のレポート提出最終日まで完成に手間取り、近くの郵便局の営業時間は過ぎてしまった。少し遠方ではあるものの地区の大きな郵便局へ時間外受付で受理してもらうため、自転車で行くしかなかった。最終日なのでどうしてもその日の消印が必要であり、ポストに投函しただけでは安心が得られないからである。

実は数日前から風邪気味で体調がすぐれず、最終日までかかってなんとか完成というよりは、字数的に原稿用紙のマスを辛うじて埋めることができたというのが正直なところであった。

受付で切手代を払い、切手代わりに貼られた証紙の受付日の確認をし、ギリギリ間に合ったとホッと胸を撫でおろした途端、日常の喧騒をかき消すように雷鳴が轟き始め天候が一変した。先ほどまで全く雨など予想だにしていなかった私は傘がなく困り果てた次第である。待っても待ってもやむどころかバケツの水をひっくり返したような物凄い豪雨へと変わっていったので、とても傘なしで外に出られる状況ではなかった。

ふと出入口の傘立てに目をやると錆付いた骨の折れた汚いビニール傘が一本あるのに気が付いた。それで局員に貸してもらえないか尋ねた。

「誰の傘かわからないものに対して許可する権利は当方にはありません」と事務的な反応しか返ってこなかった。

長い期間放置されていたことが窺えるくらいに、傘の錆の赤茶けた粉が傘立て周辺の床に散っていたほどである。忘れ物であればちゃんと保管、管理し、傘立ての清掃にも気をまわすべきではないのかとムッとする気持ちを抑えた。しかし、局員の言うことは全く正論なのだから、責める気持ちなどはない。

そこで私は身分を証明できるものとして、当時は免許証は持っていなかったので、まだ有効期限のあるパスポートを取り出し、3人いた局員に対し、「どなたか傘を貸していただけませんか、風邪気味で体調が悪いのでコンビニで傘を買ったら、すぐ返却します。それまでパスポートをお預けしますからお願いします」

ところが冷淡にも全員が私の声を無視した。私と目を合わせないよう、さも忙しそうなふりをしているように感じられる彼らの仕草が残念でたまらなかった。こちらは誠意をもってお願いしているつもりである。非常識だ、図々しいと思われたのか。実際に仕事が忙しいのに邪魔だと思われたのか。虚しく立ちすくんでいた私は彼らの無反応さに苛立ち、豪雨のなか濡れながら必死に自転車を走らせて帰ったことを覚えている。家に辿り着いたときはすでに雨は止んでいたが、風邪が悪化しなかったのは怒りと口惜しさが風邪ウイルスを吹っ飛ばしたからだろう。

父が生前、小規模の病院（開業医）に行ったとき1万円ほどの高級傘を傘立てに立てていたら、帰りにその傘がなくなっていたという。名前を書いていたので人が間違えて持っていくことはない。わざと高級傘を選んで盗んだのだ。病院は責任は負えず、貼り紙をすることぐらいしかできなかった。泣き寝入りである。高級傘を傘立てに置いているほうが悪いというのでは寂しすぎる。これが世界の中で治安のいいと言われていた日本の現状なのかと悲しくなる。

ビニール傘は急な降雨の時、コンビニに走れば安価で購入でき便利である。３００円ほどのものだと強度は保証されないが、手軽さから重宝され、使い終わったら、適当な傘立てに放置する人がいることも確かである。だからと言って黙って持っていく人の意識が野放しになれば、そのうち日本人のモラルの低下が色々な方面に影響していくことだろう。

傘立てに同じ色、同じ形状の何の変哲もない個性のない同じ種類のビニール傘が何本も立ててあるのを見かける。当然名前など記されていなければ見分けようもない。どうやって自分のものと認識できるのだろうかといつも不思議に思っている。人を観察していると、いとも簡単に一本を抜き取っていくのである。安いビニール傘はみんなの共用物だと暗黙の了解が成り立っているのか。その延長で傘に限らず、人のものでも自由に使えると思い込むことになりはしないか。恐ろしさを感じる。自治体が市民のため、各所に無料で使える共用傘（置き傘）を設置するという案がでようものなら私は断固反対だ。モラルの低下を助長することになるからだ。理想を掲げたところで成熟した共同体など見込めない。そこにあるものは誰かが金を出し購入したものであり、その人が傘立てに置いたものなのだ。そんな単純なことが分からないようではどうしようもない。もっと強い倫理観を持ってほしい。今必要だからといって罪悪感もなく、無意識に人の所有物に手を伸ばそうとする行為は犯罪なのだ。

昔、会社の玄関ロビーにいたとき、部長という役職にあった人が出かける際、玄関を出ようとしたら雨に気付き、玄関脇の傘立てにあった傘を黙って持って出かけるのを目撃した。そのあと傘立ての前で困惑している訪問客がいて、その時運悪く戻ってきた部長は頭をかきながら謝罪していたが、へらへらしたその応対ぶりに私はムカついた。運よく奪い返した人は憮然とした顔をしてその傘をさして帰っていった。

仕事では部下に指示したり、ミスを叱ったりする立場の人でも傘のチョイ借り程度では罪の意識は薄いのである。たまたま見つかってしまって運が悪かったぐらいにしか思わないのだろう。傘の窃盗ぐらいでは罰せられる程のものではないとの無自覚さが罪の意識の希薄さを生んでいるのである。このままだと今後日本は世界から相手にされない国になると確信している。

無防備に置かれる傘

誰がこういった国民を称賛するだろう。

学歴や職業、役職で社会的地位が高くても、モラルが高いわけではなく、また経済成長率が高いからと言って国民の生活水準や文化水準の程度が高いわけではない。世界のなかで影響力を高めていくためには何を発展させるべきかはおのずと見えてくる。

身障者駐車場や傘立てを見ていると、まさに明日の日本の姿が垣間見えるのだ。

嗚呼、雨が降るとこういった嫌な思い出が蘇ってくる。今日もどこかで無自覚な行動が日本人の誇りを汚しているとしたら、雨できれいに洗い流してほしいと傘立てを見ながら思ってしまうのである。

茶髪の販売員

外見では人を判断できない

人はどうしても外見でその人となりを判断しがちである。逆に外見で損をしてしまうこともあるということだ。だからこそ身だしなみには気を付けるべきだと言えるのである。初対面の場合は判断材料がないわけだから、どうしてもその人物の外見から受ける第一印象で判断が左右されるのは仕方がないことである。

日本に帰国してきて若者の姿で一番に驚かされたのは、茶髪どころか実にカラフルな色彩で髪の毛を染めていることだ。渡仏前の日本は髪を染めている若者はまだ少なく、染めていればまず不良と見なされていた時代であった。一般的日本人の体形で黒髪、黒目、黒まつげ、黒眉毛、黒ひげ、黒産毛のなかで何故髪の毛だけを染めるのか、バランスがおかしいし、似合わないと思っていた。

日本に戻ってきた当初は、外国人の真似事かと当然違和感を感じていたが、徐々に見慣れてくると不思議と不快感は無くなっていった。しかし、人の評価とは勝手なもので、なんとでも言わせておけばいいと思う。他人に何か迷惑をかけていれば話は別だが、本人は好きでやっているわけで、今はそういう時代なのだから他人がとやかく言う問題ではないと思う。もし私が若ければひょっとしたら染めているかもしれない……。

帰国して少し放心状態でいた日々を取り戻すべく、徐々に生活のことも考えなければという焦りから、ひとまずコンビニで社会復帰を始めた。コンビニすらこれまで馴染みがなかったわけで、フランスにコンビニがないかと言えば、あるにはある。店頭には果物、野菜が並べてあり、店内には食料品や雑貨が所狭しと詰め込まれてある状態で、日本のコンビニのようなきれいなフランチャイズ店ではなく個人経営だ。こういった店は大抵チュニジア人が経営していると聞く。さしずめアメリカでは韓国人である。

私が働きだした店ではオーナー夫婦以外は若者で、ほとんど学生の男女がアルバイトでローテーションを組み24時間、365日、休店日はなく回転していた。最初は茶髪の若者と一緒に働くのは正直なところ抵抗があったのだが、髪を染めることはファッションなのだということに気付いた。

フランスにいたときは、色々な人種がいて、肌の色、目の色、髪の色が違う中にいたので視覚的にも面白かった。髪を染める人は日本と比べると極端に少ないと思う。国際女優のカトリーヌ・ドヌーブの髪の色は実際は意外にも茶色系だが金髪に染めている。似合っていると評価されデビューからずっと貫いているスタイルだ。むしろ自分のベースに合わせコーディネイトしてファッションを楽しむ。日本人のなかには整形して土台すら変える人がいるのは驚きである。顔も体形も変えファッションの概念そのものが違ってきている。

ところが、チャラチャラした若者がいるなかで、一人の茶髪の女学生の仕事ぶりに驚かされた。さぼったり、携帯をいじっていたり、行動が怪しいアルバイト学生もいたが、その女の子は無駄話もせず、絶えず動いて気が利き、手を緩めることがない。客もおらず、商品管理も終え特段仕事がない時でさえ、自発的にテーブルを拭いたり掃除をして身体を動かしているのだ。その子の額には絶えず汗が輝いているのが印象的で、見ていて清々しかった。何事にも一生懸命に取り組む人なのだろう。

時々彼女の友人たちが顔を覗きに店に立ち寄っていたが、最初見たときはひっくり返りそうなくらい驚いた。これまた髪の毛は赤であったり、緑であったりと私は目をぱちくりしながらその色彩に富んだ彼女たちのファッションが面白く魅入ってしまったほどであった。彼女の友人たちもまた礼儀正しく、素直で明るく挨拶ができる気持ちのいい若者たちであり、彼女たちと接していて不快な思いは一切なかった。

人を外見で判断してはいけないと教えられたのである。真面目に働く者が馬鹿な学生と同じ賃金とは実に理不尽である。注意をしても素直に聞かない怠慢で卑怯な学生を尻目に黙々と働く女学生の姿をオーナーに伝え、改善を訴えるものの、「今はなかなかアルバイト生が見つからず、いてもらうだけでもありがたい、コンビニは24時間営業なのでシフトを埋めるアルバイト生は貴重で、コンビニは彼らで持っているようなものなんだ」と聞かされ、コンビニの仕事に見切りをつけ、辞めた。

ボジョレ・ヌヴォーについて

毎年ボジョレ・ヌヴォーの解禁日がやってくる。

本場フランスの総生産量の6割程が日本に輸入されているとは、まったく開いた口がふさがらない。安価で酸味の強いこのワインに付加価値を与えているのが、フランス国の法律で定められている解禁日がくるまで飲めないということだ。何故こういったイベントに日本人までもが浮かれるのか分からない。

関税が撤廃されたからとはいえ、海を渡って1万キロ遠い日本まで運ぶ運搬費用などを考えれば毎年、スーパーの棚に並べられるこのワインの価格に首をひねらずにはいられない。日本での小売値はフランスでの仕入れ値の2〜4倍になるからだ。それだけ安いワインということなのだ。

ワインとは熟成されるものであり、ボジョレ・ヌヴォーの場合、ボジョレ地方に限定して、その年のぶどうの出来をみるため、秋に収穫したものを2カ月ほど早く、本来と違った方法で生産し、試飲されるものなのである。フランスではその時期には、カフェのカウンターの隅に小さな酒樽が飾られていたが、現在ではほとんど見られなくなってきたようだ。それだけ騒がれるようなものではなくなってきたということだ。

日本での馬鹿騒ぎはバレンタインデーのチョコレートと同じように、商売人の仕掛けた商法に過ぎない。

ブランデーで有名なフランスのコニャック市（コニャックとはフランス語でブランデーの意味）の某蔵元が、私が研究するフランス人画家のウィリアム・ブグローの作品を所有しているため、訪ねたことがあった。中型カメラを携え遥々訪ねて行ったことから、その蔵元のオーナーは昔は映画人であったということで写真技術のことはさすがに詳しかったことを思い出す。ところが作品の写真は失敗だった。その場で確認できるデジカメでなかったのが悔やまれる。

その事務所内に通されていると、ファックスで注文書が送信されてきた。それは日本からだという。おそらく商社か大手の輸入業者であろう。

世界三大名酒（シャンパン、ブランデー、ワイン）の原料はぶどうであり、そのすべてがフランス産である。日本人が飛びつくのももっともなところか。世界にネットワークを張り巡らせる商売人のしたたかさを感じた。

フランスは農業国で、ぶどう畑が地平線いっぱいに広がっていた。日本のぶどうとは品種がちがい、低木なので主な労働力はアルバイト学生だが、腰を屈んでのぶどう狩りは重労働である。

フランスのワインにはエキスを水で薄めたものもある。なにもフランス産にこだわることもないだろう。むしろ日本産でも美味しいものがあるし、商売人の策略に踊らされない、自分の感性で物の良さを判別できるようになることが肝要である。

ボジョレ解禁日

資料収集の方法の変遷

20年前と今とでは、インターネットの普及で情報収集のやり方が全く変わってしまった。物凄い進歩であり、日本の自宅のパソコンから外国の様々な資料がいとも簡単に得られるのである。昔は求める資料の所在や所蔵図書館すら分からず、実際現地の様々な図書館を訪れ、可能な限りの想像力を使って思い当たる関連のキーワードから整理カードで探したりしていたものだ。時間とお金を掛け、無駄足を踏んだりした経験など数知れずある。

インターネットを使っての検索の素晴らしい点は、キーワード検索で関連するものまで見つかることだ。思いもよらなかったものが見つかるという発見の喜びがある。ダウンロードや資料のコピー送付依頼もできる。メールによる問い合わせで時間のロスなく回答を得ることもできるのである（相手が親切な人であればだが）。昔はフランスに住んでいながら、手紙で質問をし、その回答に1週間以上かかることもあった。

今では書籍販売サイトや古書サイトでの検索も、書名が分からずとも、専門家の名前から著作物を探すことができるし、関連ワードから自分が予想だにもしなかった書物の存在を知ることができるのである。

フランスで資料を多く所蔵する図書館はフランス国立図書館である。今ではパリ中心地から若干離れた場所にフランソワ・ミッテラン館ができたが、リシュリュー通りに今も旧館として残る歴史あるこの図書館へ勢い勇んで出向いた当時のことが思い出される。

ところが、当てが外れてしまったのである。登録する段で拒否されたのである。多くの埋もれていた貴重な資料に巡り合えると勇んで門をくぐったものの、自由に誰でもが利用できる図書館ではないということがわかった。フランス国立図書館は特別な図書館であり、学者、大学院の学生及び研究者の利用に限定されるということだった。資料収集のためにはパリには多くの図書館があるからと言って、パリの図書館リストを渡された。まずはそこに記されてある図書館からあたるように言われた。

フランス国立図書館は所蔵品数3000万点、内出版物は1500万点という宝の山というか資料の宝庫である世界屈指の図書館であることが明白である以上、出直す価値があった。

幸い、Maison des artistsというフランス芸術家協会の会員であり、労働省、文化省から画家証明書があったので時間を置いて再度訪ね、身分証明書を提示し、図書館利用の明確な目的を伝え、しつこく食い下がった末に遂に登録ができたのである。登録料を払い利用カードが発行された。やはりフランスは芸術の国だと改めて驚かされた次第であった。アーティストの肩書きはフランスでは実に厚遇されることを知った。ただ正規の年間登録ではなく、利用回数に制限があるもので、利用ごとに登録カードの裏面の24ある枠に日付が記され埋められていくのだが、フランス人の怠慢さのおかげで実際の制限回数を十分上回り、数年間も足を運ばせてもらった。

ドーム型の閲覧室の一つは静寂の中にアンティークのランプがシックな色合いのニスに塗られた木製机毎に設置されており、時代の独特の雰囲気を醸し出している空間であり、そこに身を置くことに感動を覚えた。

外国人の私に頼みもしないのに親切に探して持ってきてもらった資料もあった。そのおかげでブグローに関する資料はほとんど全て得られたと思っている。

ブグローの代表作品のフォリオサイズの大判写真70枚が生前のブグロー自身からフランス国立図書館に寄贈されていたことを知り、それらすべてを閲覧し、当時において既に白黒写真の完成された精緻な解像度の高さに驚かされた。オリジナル写真より僅かに小さいサイズで全ての写真の注文をした。かなりの金額になったが貴重な資料である。

閲覧史料で驚いたことがあった。試しにマリー・アントワネット（１７５５－１７９３）の手紙の適当な資料コードを選び閲覧を依頼してみたら、私のテーブルに持ってきて、目の前に剝き出しの手紙が置かれたのである。直接手で触れられるのである。２００年以上も前の歴史的人物の手紙である。数行の文章であったが、筆記体なので当然読めなかった。恐らく資料としての価値のない内容だったからなのだろうか。

昔はイカ墨をインクとして使っていたので、経年の日に焼けたことで茶色に変色している。いわゆるセピア色であるが、本来のセピアとはコウイカの意味なのである。

マリー・アントワネットの手紙の例とは逆に、ラ・ロシェルの図書館でブグローの半生を描いた部数限定の書物の、革の豪華装幀の閲覧を依頼したときは、マリー・アントワネットの手紙とはずいぶん違う近代の1900年出版のもので僅か90年程前（当時）であるにもかかわらず、白い手袋をはめることが義務付けられ、図書館員からしばらく脇で監視されていた。因みに私はこの書籍の一般向けのものではあるが、それでも革装幀のものを2冊所有している。

フランス国立図書館（リシュリュー館）

インターネットの情報には、曖昧さや不正確さがあり、どこからの情報なのか、わからない全く典拠文献を示さず、発信者や情報源がはっきりしない内容のものも少なくない。

大学のレポートではでインターネットからの情報を使用することが禁止されている。人のレポートが流用されたり、多くの学生が同じレポート内容で提出する場合、大学の対策として、特殊なソフトを使って不正を発見しているとのことである。まさにインターネットの普及は情報収集の点で便利になった反面、簡単に情報が得られることで努力せずにただ鵜呑みにその情報を信じてしまう危険性がある。やはり、真偽を見分ける目は普段の努力なしには得られない。

通信制大学

私のこれまでの人生は美術漬けであったことから、日本帰国後から社会人として一般教養も身につけなければいけないと真剣に考えるようになっていた。要するに世の中を正しく見る目を養い、常識を持ち合わせた大人でなければいけない、このままではだめだ、変わらなければと切実に思った。よく囁かれる帰国子女への批判、冷めた視線に我ながら納得していたからである。

不勉強を悔いていた私の背中を押してくれる、衝撃的ともいえる刺激を受けたのである。そのきっかけとは銀座での個展のため日本に帰国した際、そこである若者との出会いがあった。代々木の旧オリンピック村の一部の建物をＹＭＣＡ会員に宿舎として提供していたので、東京滞在期間中利用させてもらったのだが、そこに多くのスクーリング受講生がいた、その中の一人である。

世の中には家庭の事情により進学を諦め、中学卒業後に社会にでる人もいる。しかし、彼に驚くのは16歳にして収入を得るようになっても、遊びに走らず、誘惑にも負けず、通信教育でコツコツと勉学に励み、高校を卒業し、なおも大学に入学し会社に休暇願を出して今スクーリングで学んでいるというのである。

多様な学びの場を提供する日本は素晴らしいと思った。何が彼をこうも突き動かしているのか、風貌はなんとも飄々としていて意外なのだが、外観からは想像できない精神力の強い人なんだなと感心したものだ。

私も心に火がつき向学心に燃えた、とは聞こえはよいが、その若者から目を覚まさせられたというのが実際のところである。それがきっかけで勉学の必要性に遅ればせながら、目覚めた瞬間であった。

それから数年後に日本に完全帰国して、一つの新聞記事に釘付けになった。久留米市在住の72歳女性がリウマチにもめげず15年かけて晴れて慶應義塾の通信課程を卒業したという記事である。

働き盛りのご主人を亡くし、三人の子供を抱え一生懸命生きてきて、大病で倒れ、9回も手術をした。その身体で白血病のおそれのある娘にご自身の骨髄を移植し、リウマチによる入退院を繰り返す人生に何を支えに生きていけばいいのか模索する日々に、身体は不自由だが教養を深めることで、生きる力が身につき、より良い人生を切り拓けると決意したことが通信制の大学入学であったという。リウマチによる痛みに耐えながら、ベッドでエビなりになって、提出物作成に自由にペンが握れない状態であっても頑張ってこられたとのことだ。何ということだろう。私はこれまで本当に身を削るほどの苦しみに耐えながら頑張ったことがあっただろうか。恥ずかしい気持ちになった。

この記事を読み、いたたまれなくなり、日本での大学中退という学歴であった私は背中を押され、いてもたってもいられず、書店へ願書を求めに走ったことを思い出す。

法政大学、日本最初の通信教育制度を導入した大学へ入学した。

実際の復学の目的は、全ての学問表現で共通する基本となる論理的な表現力を養うことであった。テーマがあっても研究への思い、訴えが伝わらなければ意味がないからだ。

スクーリングで驚いたことがある。重度の障がい者数名を見かけたことである。ある授業で演壇の脇にいた車椅子の60歳代の男性に目が行ってしまった。口にくわえたペンをノートパソコンに時折押し当てながら聴講しているが、車椅子の脇には白いポリボトルが設置されていて、そこから細い管が身体に繋がれているのだ。時折黄色い液体が流れる瞬間を目撃してしまった。

また別の授業では、車椅子に座って身体自体は演壇を向いていながら首だけが横に傾き、目が天井を向いている人もいた。このような重度障がい者の人たちで通学に支障のある人でも、勉学に熱意のある人には門戸が開かれているということだ。サポート体制もあり、まさに通信制ならではの素晴らしい試みだと思う。

多い50歳代以降の学生、80歳代もいる。トイレでなかなかおしっこが出ず力んでいる老人も見かける。こればかりはお手伝いできないが、身体は老いがきても頭がしっかりしていれば学ぶことに年齢はまったく関係ないということなのだ。外国には多くの老人が大学で学んでいるのに、日本では何故か「あァ！　まだ学生さんですか」と見下す人がいるのはどういうことなのだろう。勉学は20歳代前半で終わるものだという偏見は愚かとしか言いようがない。

千利休の孫である宗旦の言葉に「学ばずしてする茶の湯には実はなきものぞ、若きは勤むべし、老いたるとも捨つべからず」とある。学び続ける必要性を説く言葉である。

人それぞれの人生観をもつのは当然だが、人生学び直すことの意義、自分に欠如し必要とする知識を得ようとする謙虚な姿勢は素晴らしいと思う。知的好奇心を自分から断つ、諦める、まさに限界を決めるのは自分なのだとつくづく思うのである。世に言うように大学入学まで頑張る人、大学に入ってから頑張る人、どちらが人として成長できるかは明白なことである。

卒業するには大学に出向き授業を実際に受け（スクーリング）、取得すべき単位数が文科省で定められている。

とりわけスクーリングで見た光景には驚かされた。前列を占める高齢者の熱心な受講態度は、こちらがたまげる程で、手を挙げ質問も活発なのだ。講師さえもが意気込みが違い、通学生より通信の学生の方が授業するにもやりがいがあると言われていた。

なんともはや老人パワーというのか、授業が終わったら今度は演壇の脇に質問者の行列ができるのである。背中の曲がったおじいちゃん、おばあちゃんもいて手にテキストやら資料をもっているが、よく見ると若い学生のように付箋が何枚も貼られてあったり、マーカーの線が引かれてあるのだ。

私も腰が曲がってでもこうありたい、生涯学生でありたいと心底思っている。それに比べ高齢者の姿勢とは真逆な後列を占める20代の若者には幻滅である。やっていることを見るとガールハントが目的なのか、通信制教育をうける理由は何なのだろうと正直首を傾げてしまうのだ。

父のがん闘病5年間がすっぽり法政の学生生活に被っていた。

毎年の学費入金時、家族の看病する姿を横目に、継続すべきか戸惑い、心苦しさを感じながらも卒業まで8年もかかってしまったのである。赤ペンまみれのレポートが何度も返却されてきた。某教授の厳しさには辟易させられたものの、添削する先生の熱意が感じられるほどで、添削されたご自身の文章を線で消し、新たに書き直されていて推敲の跡があるのだ。その熱心さには応えなければとの思いを持ったのは当然である。

自分で決めた勉学、負けるわけにはいかない。引くに引けず、諦めずに最後までやり遂げたという達成感が得られたのは私の人生における収穫だと思っている。ひとえに家族の協力、教授陣の熱意には感謝している。

法政では史学部であったこともあり、明治維新における教育に、多大なる功績を残した福澤諭吉に憧れを抱いたことから、慶應義塾大学の通信課程にすぐさま学士入学した。しかし4年の在籍で卒業に要する半分以上の単位を取得しながらの中退は悔やまれるところだが、やはり老後のことを真剣に考えなければいけないことからやむにやまれずであった。本来学業は一人で修めるものであり、独学での情熱は今でも変わらない。

逆に若い人で何故大学に入るのかわからない人たちがいる。何も学業に情熱を抱かずに、学部選びも単位が取りやすい科目が多い、つまり卒業しやすい学部を選択する。私の場合は学びたいものをどんなに時間がかかっても修めたいという気持ちであったので理解できないことなのだが、学問ではなく卒業資格をどうしても欲しいという理由があるのである。

通信や夜間に通う社会人にそういう人がいる。それはつまり給与査定で高卒と大卒の違いがあるからである。そういった人達がたとえ卒業したとしても、学業に向けられた姿勢がそのまま仕事にも反映されるのではと心配する。

学生会の功罪

卒業に向かって単位取得第一で過去問題から傾向と対策を学生間で励まし合いながら学んでいく趣旨で存在するものが学生会である。

何故、大学で学ぶのか。何を学ぶのか。

「みんなで一緒に卒業しよう」のスローガンはいいけれど本末転倒、学生の本分とは何なのかを真摯に考えるべきである。

某学生会での違反行為

他人の高評価のレポートのコピー横流しが発覚したことがあった。これを受け大学はその学生会の運営活動を停止させた。若ければ若気の至りということになろうが、会長はじめ、いい年齢の大人たちがこういったことを推奨していたのである。定年退職し、社会の一線から身を引いた年齢で卒業の肩書きが欲しい為に学生をやっていたのか。これまでの人生で何を学んできたのか、学んでこなかったからこのようなことをいとも平然とやっていたのだろう。残念としか言いようがない。

通信制のすすめ

卒業までの流れ

レポートで合格すると、地方にある試験会場で試験が受けられ、合格するとその学科の単位取得となる。またスクーリング受講で試験に合格し30単位以上の取得が義務。また卒論作成後、大学で教授の前で発表・質疑応答し合格しなければならない。

卒業には１２４単位以上取得（文科省規定、通学過程同様）で卒業申請する。

メリットとデメリット

通信制は誰でも入学できるが卒業は難しい。

学費は断然通信制が安い。

ただ大学から遠方に住んでいる人には夏季・冬季のスクーリングは結構負担になる。1学科（2〜3単位）毎日受講して6日後に試験があるので、最低でも1週間の滞在が必要である。受講費用に旅費、宿泊費、外食費、交通費（宿舎↕大学）がかかるが、スクーリング後の試験に合格できなければ、その費用は水の泡となる。再度初めからスクーリングを受講しなければいけないからである。参考文献が結構学術書なので図書館の貸し出し書籍になかったりで、購入せざるを得ない場合もある。

自由

在籍できる年数が12年程あり、早い卒業を目指すか、仕事の兼ね合いで計画的にコツコツと単位取得するかは本人次第である。

卒業率の低さ

学ぶことの大切さを感じ、勢い勇んでいざ入学すれど1年で辞める人が、大半であるのは事実である。通信制はレポートを書くことが主体で、小論文形式なのである。演題に答えるためにはテキストだけではなく、参考文献を数冊読んでいなければまず書けない。当然ながら内容を理解し、自分の言葉で考えを書かなければ容赦なく不合格とされる。

卒業論文に1年がかりで取り組む人もいるというが、他大の通学過程でも卒論がないところが結構あるのは意外である。卒論こそが大学での集大成だと思われるからで、私は経験して良かったと思っている。

信念、努力

働きながらであれば、疲れた体に鞭を打つ覚悟を決め、強い意志をもつことである。

家庭の事情で諦める進学

入学金、学費は通学課程との大きな違いがあり、選択の一つとして考えてはどうかと思う。

経済的問題で進学をあきらめるのはもったいない限りである。もし、夢を抱いているものがあればぜひ進学し、夢を追い求めてほしいものである。

　前述した中卒から頑張っていた彼のように、本人次第である。通信制だと誰でも入学できることから、実情を知らない人からはあまり評価されないきらいがあるが、教科書は通学生のものとほぼ同じ内容であり、卒業証書（学位記）には通信課程とは記されてはおらず、通学生のものと全く同じものなのである。

留学するうえでの心構えの必要性

フランスへ渡る人たちには十人十色の様々な動機、目的があると思うが、根底にあるのはやはりフランスへの憧憬ではないだろうか。憧れが失望に変わるか、憧れの夢が叶いそれで満足するか、または憧れから新たな展望が開けるか、それは各個人の意識によるものだと思う。

私の独断と偏見をお許しいただき、外国で何かを学ぶというときに、異なる文化に接するうえでの基本となる姿勢について、まず一人の日本人女性の例を挙げたいと思う。私はその方とは面識はなく、当然顔も名前も知らないし、友人から聞いた話である。

ボザール（パリの美術学校の通称）の彫刻のアトリエに聴講生として入った私の日本人の友人は、アトリエに日本人女性がいたので話しかけると、思いもよらない言葉がかえってきたという。「私に話しかけないで、ここはフランスなのよ、私に話しかける時はフランス語で話して」

学校の狭いアトリエ内でのことだが、どうもこういった人は、フランス人になりきろうとする人、日本人であることさえ否定しようとする人、自分の世界から日本人を排除したい、関わりたくない、フランスかぶれというか、フランス至上主義に溺れた人なのだろうか。

確かに外国で生きていくことは大変な覚悟が必要である。志をもって日本を出てきている以上、他人のことなど構ってはいられないという心情もわからないではない。しかし、外国にまだ馴染めておらず、外国人学生に囲まれ、心細そうにしていた同胞を前にして、同じ日本人でありながら、外見は日本人だが日本人の心を失ったその女性のとった対応を聞いて、私は考えさせられた。

実はこういった人は勘違い人間であり、日本人である以上、外国の文化を学ぶには日本人であることの認識、日本人の視点がなければ、外国から学ぶ意味はないのではないかと私は思っている。日本人であるからこそ、比較考察ができるわけだ。フランス人がフランスのことを学ぶのではない。日本人であるからこそ見えてくるものがあるのではないだろうか。せっかく二つの文化を経験しているのに、これまで培ってきたものを全否定してまで外国人に同化することにどれほどの意義があるのだろうか。これではフランス人のコピーでしかないのではないか。

また、普段日本で美術館に行ったことのない人が、急に美術館めぐり三昧のツアーで外国を見てくると、外国の芸術作品はすばらしい、日本のものは駄目だと烙印を押す人がいることにも驚かされる。

じつのところ現在では自由な表現が行われているにもかかわらず、閉鎖的な固定観念で見られるようだ。外国を見て視野を広くしたにもかかわらず、母国の文化を否定するようになるのは本末転倒である。カルチャーショックを受けるのはむしろ当然なのでわかるが、まず自分の造詣の浅さを恥じるべきである。それでは、このような偏った見方をしないためにはどうすればよいのだろう。

私見だが、対象の国が先進国であろうと途上国であろうと、文化人類学的に真の豊かさを謙虚に見つめる視点が必要だと思う。どのような国にも歴史があり、継承されてきた伝統・文化がある。与えられた環境条件のもと、その極限まで発達し、固有の価値観をもつ社会、そこには人の生きてきた叡智があるのだ。そのことに対する敬意と理解が必要である。だからこそ、自分の国に対しても同様の視点で、歴史を学び、日本文化に価値を見出し、アイデンティティーをもち、国際社会のなかで自信をもつことこそ必要なことだと思う。

何をもって尺度となすかは、自国で培ったものに他ならない。

親不孝

わが家には子供がいない。母にとって可愛がる孫がいない。母には私たち3人の子供がいるが、唯一結婚した妹にも子供がいない。母は成人した子供たちが結婚し子宝を授かることを昔は夢見たことだろう。

母は90歳になる。今、週に3回介護施設のデイサービスに行っている。周りの同年代の話題は孫のことが多いようである。携帯電話で写した孫の写真を見せられ、得意になっている笑顔の人に付き合わされ、「可愛いでしょう」と同意を求められると、それに応じる辛さ、寂しさにどのような顔をして耐えていることだろう。他人の一方的な自慢話に付き合わされるほど疲れるものはない。

「この前、孫をどこどこに連れて行った。何々を買ってやったら孫が喜んだ。おばあちゃん、おばあちゃんと自分になついて可愛いんですよ。今度、孫が遊びに来るんですよ。楽しみなんです」

デイサービスのグループでよく聞かされる話のようである。

昔、私の職場で離婚し、小学生の女の子を引き取って育てている同僚のことを母に話したことがあった。

ある日、母から私にその同僚に持っていくようにと小包みを手渡された。お嬢ちゃんに渡して欲しいと言う。その子を不憫に思ってのことなのだろう、内容物はそんな大したものではないのだが、折り紙、ハンカチ、フェイスタオルに小物類だった。

「年寄りが選んだものを子供が喜ぶとは限らない」

と意地悪く言った私に、いつもの母とは違い、むきになって言葉を返してきた。

「喜ぶの！　周りの人の話を聞いていてわかってるの、いいから渡してあげて！」

自分が選んだという自負、その子の喜ぶ笑顔を想像しながら、おばあちゃんとしての束の間の喜びを感じたかったのだろうか。


数十年も昔のことだが、お隣の家庭が女手ひとつで2人の子供を育てていた。

母がディズニーランドから帰ってきて、隣人の子供たちにディズニーの時計をプレゼントしていた。その時、母の気持ちがそのまま伝わればいいが、変な受けとめ方をされなければと不安がよぎったことがあった。その若い母親は子供たちに「おばちゃんにお礼を言いなさい」それにちゃんと応える子供たち。和むなかに昭和のコミュニティを感じた。

つまり格差とか、哀れみから不快感を抱かれたり、子供からディズニーランドに連れて行って言われて親を困らせることになりはしないかと思ったのだ。母は優しい人である。その優しさが独りよがりで、思いの外、反動がなければと心配した次第である。

同僚に「母から預かってきたんだけど、娘さんが喜ぶかわからないけど」と渡すと、「何ですか」と尋ねるので「折り紙類みたいだよ」と答えると、

「子供に折り紙を与えると使う量は半端ないですよ、与えると次々に買って、買ってとせがまれるじゃないですか。むしろ最初から与えないほうがいいんですよ」と、迷惑そうに言うので

「君の判断でやればいい」と、それ以上何も言わず、一応手渡した。

その後、母は、

「ちゃんと渡してくれたのね、お嬢ちゃんは喜んでくれたかしら、同僚の人から何か聞いてる？」

その娘の反応が気になるらしく、執拗に聞いてくるのだ。

数日後、母に、

「世の中、色々な捉え方をする人がいるんだ。自分の独りよがりの親切心が喜ばれるとは限らない。もうこういったことは最後にしたほうがいいよ」

適当に誤魔化し喜ばせても、母は同じことを繰り返しそうだったからだ。悲しい思いをさせたことは息子として辛かった。

母が哀れで、寂しげな表情を見てしまうと、やるせなく自分の親不孝を申し訳なく感じる。私自身は好きなことをやらせてもらってきて、全く後悔のない人生だと思っていたが、母に孫という老後の楽しみを与えられなかった罪の重さを今、実感している。

もうこの年齢で母の期待に応える術はない。年老いた母に寄り添い、幸せな余生を祈ることしかできないのだ。

私の中のモヤモヤ事件③　北朝鮮による拉致事件

私がフランスに滞在していた頃に、日本国内外で拉致事件が起こっていたことを後年知ったのだが、公式に拉致として金正日総書記が認めたのが小泉元首相が北朝鮮に渡った2002年の日朝首脳会談の時である。半信半疑だったが、実際に北朝鮮が国を挙げ拉致を主導していたことに身の毛がよだった。

あまりの被害者の多さに驚かされるが、そのなかで特筆すべき人物がいる。有本恵子さんである。ほとんどの人たちは無理やり袋を覆いかぶされたり、暴行され強引に船で北朝鮮につれていかれたが、有本さんのケースはあまりにも特異である。

欧州各国で日本人が日本人に親しく近づいていき同胞ゆえの信用・信頼・安心を植え付け、言葉巧みにうまい話を持ち掛け、さも本人の意思で北朝鮮に渡るように誘導していったのである。このことは我々が海外にいて自分の身は自分で守らなければいけないという教訓を与えてくれた。驚くことにこの拉致工作はよど号事件の犯人と結びつくのである。彼らの妻たちが北朝鮮労働党の指示のもと、日本人を拉致したのだ。

有本恵子《ありもとけいこ》さん
1960年1月12日生まれ
神戸市長田区
行方不明当時　大学生（22歳）

有本さんは昭和58（1983）年8月9日、ロンドンでの語学留学から帰国する予定の当日、実家に「仕事が見つかる　帰国遅れる　恵子」という電報を送っている。その後10月中旬にコペンハーゲンから手紙が届いたのを最後に音信が途絶える。

有本さんが北朝鮮にいることは札幌市出身の石岡亨さんから昭和63（1988）年9月6日に実家に届いた手紙で分かった。手紙には有本さん・石岡亨さんの写真や住所と松木薫さんの名前などが書かれていたという。手紙はポーランドから送付されており、封筒の裏には「石岡より　平壌にて」と書かれてあった。

いつになったら解決するのだろうか。遺族の方は高齢化し、実際亡くなられた方もいる。ならず者国家である北朝鮮を国際法で糾弾できないのか。核やミサイルをチラつかせ、まったく好き勝手に先進国のアメリカ、日本、韓国を手玉にとっている。元アメリカ大統領のブッシュは北朝鮮のことを悪の中枢と呼んだ。

海外にいて一番気を付けなければいけないこと。実はそれは何と日本人からの接触である。金銭の貸し借り、物を貸しても返却されずに消息を絶つケースはよく聞く話である。同じ日本人であるというだけで、気を許す。久しぶりに日本語で話せるからだろうか。もしくは外国にきたのはよいが、実際の外国生活は期待していたようなものではなかった。友人もいなくて、孤立していた人にとって日本語で話しかけられたとしたら、嬉しく思うのは当然だろう。懐かしくて祖国のことを語り合えることの喜びをかみしめることはあると思う。しかし、気を付けなければいけないのはその相手の素性は分からないということである。

嘘をつかれても、見抜けない。個人主義というより利己主義の蔓延する外国で日本人に出会うと何故かホッとする一面もあり、同胞だから信用してしまう。信頼できる人を切望するあまり、信頼したいと思う自分がいるのである。そういった心の間隙を狙って近寄ってくる輩がいるのである。誰だって、誰とだって自分の心のバリアを解いて素の自分で接したいと思うものである。それが油断に繋がっていくのである。人の心理につけこんで相手の心の中に入り込んでいく。どこまで人を信じられるか、あまりにも警戒心がなく、簡単に人を信じるのは危険すぎるのである。

拉致事件の解明が遅れたのも某自治体の国際交流担当幹部から「総連との関係があるから騒ぐな」という意味の圧力があり、これらの人々の信じられない対応振りが明らかになっている。

そういったことからも、拉致問題は単に北朝鮮の絶対に許しがたい行為そのものというだけではなく、自らの既得権益のために本来保護すべき自国民を平気で見捨てる日本国内の権力組織による問題でもあることが明らかとなっている。その意味でも拉致問題の解決は、日本という国のあり方の問題でもあるのだ。

70年になると学生運動もほとんどの運動が壊滅していき、72年に連合赤軍が浅間山荘事件を起こしたが、国内の運動に限界を感じた過激派政治セクト・赤軍派は国外に活路を見出していく。

よど号事件は1970年に起きた事件である。赤軍派の学生たちが世界同時革命を唱え、日航機よど号をハイジャックして北朝鮮に渡った。よど号グループは北朝鮮にとって思わぬ収穫であり、彼らを優遇してチュチェ思想で洗脳教育をし、必要な知識や技術を教え込めば、将来、優れた工作員になると考えた。よど号犯たちは当初の目的である海外での軍事訓練の考えを捨て、金日成の思想を信奉し、金日成主義による革命を日本で実現することが目的に変わっていった。

よど号ハイジャック犯の妻になる日本女性たちは、日本での活動が拡大していた「チュチェ思想研究会」で北朝鮮の指導思想である金日成主義の旗を日本全土に根づかせ、金日成主義者を育成することを自己の歴史的使命と掲げるチュチェ思想を学んでいて、70年代後半に極秘に北朝鮮に渡り、よど号グループと合流している。

よど号グループの支援者たちが北朝鮮を訪ね、直接接触するという自発的に来た人たちは安心だからと日本に帰された。しかし、逆の形で連れてこられた有本さんたちは日本に帰さないということが今でも彼女が救出されない理由なのか。

チュチェ思想を学んでいた者たちは、マンギョンボン号が寄港した折、見学しに行くと「金日成主席が革命に役立つ人材を求めているので一緒に勉強しないか」と誘われていたという。日本を訪れていた北朝鮮本国の関係者が訪朝要請をしていたのである。

当時の韓国は独裁政権で、金大中拉致事件、大統領夫妻暗殺事件などの反動から北朝鮮では社会の中で子供が最も大切にされ、衣食住が保障され、万民が能力を活かした教育を受けられる無料教育制度や無料医療制度が整った理想郷で「地上の楽園」だと宣伝されていて、幻想を抱く者が多くいたのである。

チュチェ思想を学ぶために密かに北朝鮮に渡った日本人女性たちは金日成の教示により「よど号」グループの男性と強制的に結婚させられたのである。

北朝鮮がユーゴスラビアと特別な友好関係をもっていたことから、ザグレブに総領事館をおいていた。当時ユーゴスラビアは西側にも開かれた国であり、妻たちは国際手配を受けておらず各国情報機関に知られていないことから、北朝鮮工作員とともに北朝鮮の意向を受けた獲得工作のため、非常に容易に制限なく西ヨーロッパとの間を行き来できていたのである。

日本人が日本人を拉致する目的は、日本国内での拉致は工作員教育係を獲得するためであり、欧州ではゆがんだ革命思想を実現するための「同志」獲得であった。北朝鮮に指示された日本人が同胞を連れ去り、人の尊厳や人権を無視し、家族からも引き離し、マインドコントロールし、罪のない人たち、被害者及びその家族の生活、人生を狂わせる異常な活動をいとも平然と行っていたのである。

赤軍派は日本赤軍とよど号グループに分化していて、ヨーロッパでの同志獲得のため両者間で日本人旅行者の取り合いが盛んに行われることもあったという。つまり勧誘された日本人は拉致が失敗したケースを含め、相当数いたということであり、公式発表では欧州で拉致されたといわれている人は3人のみである。

留学生であった有本恵子さんは83年、石岡亨さん、松本薫さんの2人は80年にヨーロッパで突然、音信不通になる。

その後、家族にあてた石岡さんの手紙で3人が「北朝鮮で事情があってピョンヤンで暮らしている」という事実を『毎日新聞』が91年にスクープした。

日本人妻の一人、八尾恵が日本に潜伏していた折、偽名によるアパートの賃貸借契約で逮捕された。事情聴取で有本恵子さんの拉致に関与し、彼女に市場調査の仕事があると嘘の話を持ち掛け、別のよど号ハイジャック犯と北朝鮮工作員に引き渡したことを暴露した。その八尾の証言でよど号の妻たちの活動の全容が明らかにされたのである。

1983年、八尾はロンドンに行って未婚の25歳までの若い女性を連れてくるよう指示される。対象は学生運動の経験がなく、思想的なものを持たない者で、金日成主義者にしたてあげやすいと考えたのである。他の情報を遮断し、思想教育を行いマインドコントロールで操る狙いであった。手料理などでもてなしたりして信頼関係を構築しようとしたのである。

よど号グループが活動していた国はギリシャ、オーストリア、フランス、スペインなどヨーロッパ中である。ガイドブックの『地球の歩き方』を使って日本人が多く滞在する場所、ホテルを調べていた。パリでは安ホテルで多くの日本人旅行者と接触したり、ソルボンヌ大学や語学学校でフランス語を勉強している学生、レストランでアルバイトをしている若者、フランス料理の勉強に来ている人、画家を目指している人、バレリーナの人などあらゆる方面の人に接触していたことが分かっている。丁度、私がパリにいた時期であり、ヨーロッパを訪ね歩いた場所で日本人を物色していたのである。よど号妻たちが2人の日本人男性と出会ったのは白いゴリラのいたバルセロナの動物園であり、私も訪ねたことがある有名な観光地である。誰もが訪れる場所で運命のいたずらか悪魔が忍び寄ってくるのである。まさに誰もが日本人工作員と遭遇する可能性があったのである。私もどこかですれ違ったことがあったかもしれない。

そして、有本恵子さんとの接触の場合は、自らロンドンの語学学校に入学し、日本人を物色していて、そこのロビーで有本さんに近づき、下宿に誘い食事をしたりして「同志」としての適性をみて目星を付けた。そこで欧州での市場調査の仕事の話が同胞から提案された。23歳にもなれば帰国後の就職活動が待っているが、82年は大卒女子の就職が大変難しい年だったため気持ちがはやり、揺れる気持ちも理解できる。

有本さんは北朝鮮での仕事の話を持ち掛けられ、コペンハーゲンに呼び出されたのである。北朝鮮にとってデンマークは古くから国交があった。コペンハーゲンは東側諸国に抜ける交通の要衝で、モスクワ経由でピョンヤンまで毎日便が運航されていた。遂に罠に引っ掛かり北朝鮮へ飛び立ってしまったのである。何故に天はこのような悪事を見過ごしたのか。何故に罪のない若い女性を見放したのか。返す返すも残念でならない。

よど号グループは日本の革命のための活動をしていたと彼らなりの大義を訴えたところで、彼らの個人の主観とは別に、北朝鮮という国家の大きな意図があり、その掌の上で動いていたことは否定できない事実である。

北朝鮮による拉致の可能性を排除できない行方不明者は879人。被害者の家族は年を重ね、もう時間がない切実な問題なのである。

外国における知識や経験がない親にとって何のアドバイスも子供に与えてやることができず、

子供の外国への憧れという情熱に押し切られるのが実情であろう。

確固たる目的と信念をもっていたとしても、やはり外国をみてきた私としては無責任に背中を押すことはできない、説得を振り切ってまで行く覚悟があったとしても、自己責任でとも言えない。つまり誘惑に惑わされず、初志貫徹していけるかなど決してわからないからだ。若さゆえの失敗はつきものだが、無謀な冒険心こそが落とし穴なのだ。取り返しのつかない失敗は悲劇を生むことを我々は学んだのだ。

海外への渡航には留学、遊学、観光、研修などいろいろな形態があるだろうが、日本を出ると、そこはもう外国であるという当たり前の認識さえ待たず、日本と同じような意識で振る舞うことがいかに恐ろしいことであるか、浮ついた気持ちで宗教の違い、貧富の違い、文化水準の違い、日本に対する特異な感情を抱く国に身を置くのは危険だということを認識すべきである。悪い人間が触手を伸ばして近づいてきたら頼れるのは自分だけだ。

海外に出て運命の明暗が分かれるのは、生きていくうえで必要なお金は言うに及ばず、意志の強さと行動力に慎重さを持ち合わせているかだ。しかし、親は留学した子供を救うことはできない。その子の運命に委ねるしかないのだ。

拉致が行われていた当時、日本人は北朝鮮という国についてさほどの知識も持ち合わせていなかった不幸が、取り返しのつかない大きな悲劇を招いてしまったのだ。しかし、拉致問題は解決していない。

まず日本は世界からどのように見られているのか、朝鮮戦争後、日本軍による侵略で根深い恨みを日本人に抱いていた朝鮮半島の人々、南北分裂で経済成長著しい韓国に対しても同様に、貧困にあえぐ北朝鮮の国際社会から疎外されている感情を知らずに、歴史や国際事情に無知の状態で世界に飛び出すのはあまりにも危険であることを、拉致事件の実態を知ることで身震いが起きるほどである。警戒心もなく自由奔放に外国生活を送っていた自分に痛烈な反省を促されている気分に陥る。

悲報：２０２０年2月3日、有本恵子さんの母嘉代子さん死去、享年94歳。合掌。

おわりに

これらの文章は日本帰国後20年を経てから、フランスでの私の経験をただ思い出だけで終わらせたくないという思いで、何を見て、感じて今に繋がっているのかを、心に温めてきたものを自分史の中で私なりに解釈してきた思考の変遷としてまとめて、見つめ直したいと思ったことから始めたものである。

さもフランスから持ち帰った玉手箱を開けたかのように、これまで穏やかに流れていた日々の移ろいが急激に現実世界に引き戻され、戸惑いを覚えた。大切な何かを何処かに置き忘れてきたような人間関係のギスギスした、利己主義の蔓延した、情緒に欠け合理的な考えで日本の文化が変容し、閉塞している様が日本での生活の中に見て取れる。まさに日本が壊れていく気がしてならない。

さらに今、この日本は急激な時代の変化に伴い、海外から人が流入している。それによる我々の生活への影響に関する対策が急がれる。しかしその一方で日本古来の伝統文化や日本人の性質が失われつつある現状に将来を憂い考えさせられる思いである。我々は足元を見つめ今の日本が分岐点に立たされていることを知るべきである。

人は誰でも経験や思い出の宝物を持っている。行動することで得られた知見や人との出会いである。

国外での経験というものは、もちろん日本国内で経験できない実に得難い貴重なものであり、日本の外から日本を、また日本人を見つめる機会でもあり、物事を見るという事においても、新たな視座をもって捉える多様性を知る機会であったと思っている。

フランスと日本での経験を通して、私が感じたメンタリティや感性の違いは少しはお伝え出来たのではないかと思う。片方の国民が優れ、もう片方が劣るということではなく、双方の良さをバランスよく取り入れることが大切なことだと思う。

渡仏当時のフランスかぶれから脱却している私だとはいえ、フランス人の慈悲深さ、感性の豊かさ、自己表現などは見習い学んでいかなければならない。その点を見極めるには意識を変え、多くのことに触れていくしかないと思う。

日本の旧態依然とした古い因習の狭い殻を破り、視野を広げながらも日本古来の伝統文化を失わずに守りながら、外国のものも謙虚に受け止める和魂洋才の精神を持ち続けたいものだと、今の時代の日本を見ていて強く思う日々である。今となっては私の抱くフランスのイメージも時代とともに変わりつつあるが、将来の日本を担う若者や外国に関心のある人々にとって、私の経験が一助になれば、これ以上の喜びはない。

米永輝彦

参考文献

「目は口ほどに美術見る」『日本経済新聞』２０１１年10月６日付記事
『日航１２３便　あの日の記憶　天空の星たちへ』青山透子　２０１０年
『日航１２３便　墜落の新事実　目撃証言から真相に迫る』青山透子　２０１７年
『日航１２３便墜落　遺物は真相を語る』青山透子　２０１８年
『日航１２３便　墜落の波紋・そして法廷へ』青山透子　２０１９年
『５２４人の命乞い　日航１２３便乗客乗員怪死の謎』小田周二　２０１７年
『御巣鷹の謎を追う――日航１２３便事故20年』米田憲司　２００５年
『墜落の夏――日航１２３便事故全記録』吉岡忍　１９８６年
『謝罪します』八尾恵　２００２年
『ルポ　拉致と人々　救う会・公安警察・朝鮮総連』青木理　２０１１年
『よど号と拉致（ＮＨＫスペシャルセレクション）』ＮＨＫ報道局「よど号と拉致」取材班　２００４年
『知ってはいけない　隠された日本支配の構造』矢部宏治　２０１７年

米永　輝彦（よねなが　てるひこ）

法政大学通信課程文学部史学科卒業
フランス滞在16年
フランス、ラ・ロッシェル市より肖像画依頼を受ける（歴史上の人物９名）
市よりメダル拝受
19世紀画家　ウィリアム・ブグロー研究
(ホームページ)「ウィリアム・ブグロー研究」
bouguereau2.g2.xrea.com/
(著書)
『ウィリアム・ブグローの生涯』東洋出版
『ウィリアム・ブグロー発見への旅』新風舎
『William Bouguereau His Life and Works』（ACC Collectors Club Ltd）
Damien Bartoli著　制作プロジェクトに参加協力

フランスからの玉手箱
変わりゆく日本を見つめて

2020年4月7日　初版第1刷発行

著　　者　米永輝彦
発行者　中田典昭
発行所　東京図書出版
発行発売　株式会社 リフレ出版
〒113-0021　東京都文京区本駒込 3-10-4
電話 (03)3823-9171　FAX 0120-41-8080
印　　刷　株式会社 ブレイン

ISBN978-4-86641-311-2 C0095
Printed in Japan 2020